スターダスト★リバー

高橋　凍河

文芸社

目次◎

スターダスト・リバー

三時一服のブザーが鳴った頃から、雨脚が強くなった。三十トンパワーショベルで山砂を削っていた明が、事務室へ駆け込んで来た。

「ひぇー、ひでぇ雨になったなぁー」

山砂を掘り出し、振るい分け、水道用濾過砂、鋳鉄器製造用の硅砂やバンカー砂を製造している、この小さな鉱業所の社長、細川浩一が鉱内の除雪中に谷川近くまで押し上げた雪山に乗り出し過ぎて、ブルドーザーもろとも渓谷へ転落死してから三年が過ぎた。懸命の捜索にもかかわらず、雪解けもま近い三月の渓谷は、水嵩を増し、とうとう遺体は発見できずに細川浩一の死は、自らの事故死として処理され、昨年は三回忌の法要が営まれたのだった。

浩一が死んでからの鉱業所は、妻の細川冴子がきりもりし、なんとか生き延びてきた。最近は、ここ二、三年のゴルフブームでバンカー用砂の受注が増えて、ここの質の良い硅砂の評判は県内外へと広まり、鉱業所は再び活気を取り戻しつつあった。

タバコの煙を燻らせながら、雨に煙る砂山の頂辺りを見遣っていた明の背後に、

「コーヒー、いれたわよ……」

冴子が社長室から出てきて、ささやいた。従業員用の休憩室が砂パドック横にあるのだが、明だけは、会社発足当時からのただ一人の従業員であり、冴子の唯一の片腕でもあるため、この事務室での休憩が許されていた。

「もう一、二週間もすれば、二本松の麓まで砂山が削られてしまいますよ……社長」

「ええ……、私も、覚悟はしているわ」

「風向きによっては、国道沿いの民家の方まで異臭がすると騒いでいますよ。誰かが病死の牛を牧野に投棄でもしたのだとか、変な噂まで流れているし……」

「休んで……、アキラ」

冴子は腰を降ろすと、目頭を押さえ込むように頬杖をついた。

「あの人が悪いのよ……」

冴子はいくらか涙ぐんで、呟いた。

「三年か……、歳月の過ぎるのは早いものだなぁ……」

明は窓を横向きに、イスを置き直して座り込み、コーヒーを口にした。

「下が砂地だからな、まだ完全な白骨にまではなっていないんだ。二本松の下まで行くと、腐臭がかすかに漂ってくる。特に雨の日など……。これ以上掘り進まぬうちに、遺体をなんとかしなければ……」

「そんなこと言っても、いったいどうすればいいのよ……」

冴子は完全に涙声になって、言葉をつまらせた。

「俺がなんとかするよ。俺のやったことでもあるし……」

「そっ、そんなこと言わないで、私が殺《や》っちゃったことだけど、あの人の所為なのよ」

冴子は、テーブルに泣き伏した。

「天気予報は、今夜あたりから大雨だなぁ……」

明は広げた新聞紙を折りたたむと、

「今夜しか、チャンスがないなぁ……」

ひとり言のように呟いて、コーヒーを飲み干した。

冴子は、頬を伝う涙を拭おうともしないで、

「いったい、どうするつもりなの？」

「今夜中に、二本松の頂へ路を作る。あとは砂地ごとバケットに抉り取って、ダンプに積み込み、流れの増した谷底へ、ドボン。この大雨だ、遺体は谷川の激流に呑まれたままダムサイトの底でお眠りサ」

「だったら、どうしてあの時、川へ流してしまわなかったのよ」

「以前にも話しただろう……、あの時、あのまま遺体を川へ流してしまっていたら、遺体はいつかは浮上し、見つかっていたさ。いくら事故死に見せかけても、君の刺した胸部の傷痕ですぐに殺人はばれていただろう。しかし、今なら大丈夫だ。骨に残った腐敗した肉は、すぐに川の勢い

で剥離し、骨は沈み身は流れに砕け散って川の泡と化してしまうに違いない……」

冴子は、少し青ざめた顔を震わせながら、声にならない声をかみしめた。

「私も、手伝うわ」

「だめだ。君は事務室にいて、電話の応答をしていてくれ。真夜中までパワーショベルが動いていたんじゃ、怪しまれるかもしれないからな」

「でも、二本松までは、下からだとまだよほどの距離があるわ。パワーショベルで今日中に登るのは無理だわ。それにこの雨じゃ、砂地が緩んでいてとても危険だわ」

「なぁに、バケットで踏み固めながら行けば、四、五時間もあれば登れるさ」

明は、窓ガラスのくもりを袖口で拭って、雨脚を確認すると、

「一服後の注文は、断ってくれ。従業員達には、大雨で掘削は危険だということにして、鉱内の整理でもさせておいてくれ」

そう言い残すと、濡れた作業着を取り替え、傘を広げて砂山の方へ駆け出した。

「無理をしちゃダメよっ」

明の背後で、冴子が声を押し殺して叫んだ。

パワーショベルのドアを閉めると、雨脚がさらに強くなった。明は油量計を見た。指針は四分の三ほどを示しているが、軽油の用意を忘れていたことに気がついた。

「チェッ……ギリギリだな」

砂地に突き刺さるかのような大粒の雨が、ウインドー・ワイパーをハイにしても視界を遮ってしまう。もたもたしていると、三十トンパワーショベルのキャタピラが砂地にのめり込み、前進も後進もできないような足場になってゆく。

明は、二本松への最短距離を考えた。頂に二本松のあるこの砂山は、西へ行くほど斜度のきつい鋭角状になっている。

「北西の谷間から、登ってみるか……」

勾配はきついが、頂上への最短距離だ。

危険な賭けになってしまった。

砂地がいったん崩れだせば、三十トンパワーショベルもろとも横倒しになってしまうに違いない。

明はアームの向きを変えると、バケットの背で足場を固めて重機の向きを直し、掘削現場とは正反対の、まだ杉苗を植樹してまもない北西の谷間の方角へ向かった。

事務室のガラスのくもりを拭って見ていた冴子が、窓を開いて何かを叫んでいるのが見えた。明は、冴子のその身振りから言っている意味を察して、クラクションを二度鳴らして答えてみせた。谷間の折れ線が、ちょうど隣家の山との境界になっているのであった。明は神妙に境界のクイのある右端の山裾を、バケットにひとつ抉り取ると重機の前へ振り落とし、バケットの背中で足場を固めた。冴子の言う通り、思いもよらぬ大雨は、砂地をさらに脆くしてゆき、作業路作りはいっこうに先へ進めなかった。明は、焦り出している自分にいらつくように、口にくわえたタバコに火を点けた。

終業のブザーが鳴り、従業員達が事務室へ入ってきた。タイムカードを押しながら、

「社長……。アキラのやつ、なにやってるんすか」

「この、大雨降りに……」

「あっ、ええ。少し砂の質が落ちてきたのよ。今度、北西の方を試し掘りさせているんだけど……ひどい雨ネ」

冴子は、また心配そうにガラス窓を開けた。

「残業ですか……アキラ」

「大丈夫かい……、この雨降りに」

「ひとまず、お先しますヨ……」

「ごくろうさん」

「ごくろうさん」

従業員達がドヤドヤと着替えを済ませると、雨傘を開いて皆帰っていった。

ガラス窓を開いたまま、冴子がひとりポツネンと立ち尽くしていた。

時計が七時をまわると、辺りはもう薄暗くなってきた。

冴子は、窓を少しばかり閉めて、事務室の灯りを点した。テーブルに頬杖をついて、闇へ落ち

てゆく外を見つめていた。

雨は、いくらか小降りになってきた。……パワーショベルの音は雨音にかき消され、県道の街路灯だけが雨の中で煙っている。

明は三分の一ほど登り上げただろうか、まだ中腹へも至らぬあたりで、アームが旋回する度に雨に煙った照明が、遠くで宙を舞っている。

「お腹、空かないかしら……、アキラ」

冴子は、湯沸かし室の方へ立ち上がって行き、コーヒー豆を挽いて電気ポットからお湯をフィルターに注ぎ水筒へ移すと、サンドイッチを作りラップに包んだ。

いくらか外は、雨脚が弱まっていた。

事務所の前の県道を、時折しぶきを上げて車が走り過ぎて行く。砂山は、県道を挟んだ向こうにある。

冴子はコートをはおり、長靴を履くと傘をさした。パワーショベルが旋回する度に、アーム・ランプの灯りが遠方まで届くのが、気になった。キャタピラの跡を辿りながら登って行くと、その勾配のきつさを脚の疲れとして、あらためて感じていた。懐中電灯で照らして見ると、右側のキャタピラ跡の端が砂山の闇底へ崩れ落ちている。

「危ないわ……、アキラ」

やっとの思いでパワーショベルの側へ近づくと、冴子は懐中電灯を点したまま、頭上で振り回して明へ合図を送った。アームを下方へ向けて、バケットの背で足場を圧着している明の眼に、ようやく冴子の合図が届いた。

明がアクセルを戻すと、エンジン音が雨音に消えかけた。パワーショベルのドアを開いて、明が叫んだ。

「どうしたんだ、危ないじゃないか」

「お腹空いたでしょう、お夕食、少し持ってきたの」

明は、あらためて腕時計を見つめ返した。時計は八時を少しまわって、辺りはすっかり闇に閉ざされていた。思いもよらない作業の遅れにあらためて、ため息をひとつもらした。

「濡れてしまうぞ、上がれーっ」

明が手を差し伸べた。固い鉄製のキャタピラの溝に足を取られぬように片足を掛けると冴子は、明の差し出した手に身をまかせた。

「気をつけろー、よいしょっと」

よほど夢中になっていたのだろう……、パワーショベルの運転台の中はタバコの煙と、明の汗の臭いでムンムンとしていた。

「うわぁーっ、ひどい臭いよっ。少し窓を開けてよ、雨は小降りになっているわよ」

「ここまで来たら、焦ったってしょうがねぇな。少し一服するか……」

「意外にネ、アーム・ランプの灯りって遠くまで通るのよ。気になって……」

「そ、そうかぁ……」

明は、バケットで支えていたアームの灯りを、ひとまず消してみた。

雨筋の遠くに、県道の水銀灯が列をなして霞んでいる。時折テールライトの尾を引いて、車が走りすぎて行くのが小さく見える。

「まずいかな……、アーム・ランプを消してやってみるか」

「危ないいんじゃないの。まず、食べて……」

冴子はサンドイッチと、紙コップにコーヒーを注いで差し出した。

運転席に座っている明の足元に小さく跪くと、冴子は水筒のキャップを閉めた。

三十トンパワーショベルの運転台の空間を、冴子はあらためて見渡した。

「アキラは、一日中ここに座っているんだものネー」

「エッ、どうしたんだ……今さら」

明がサンドイッチをほおばりながら、微笑みかけた。

「あなたがいたから、会社はここまで大きくなれたのよ……」

事実、冴子の夫、浩一が亡くなってからは、経営の一切から株式会社設立の発起人やら設立登記、申請業務のすべてを冴子の代わりに行ってきた。

「まさかぁ……、それだけじゃないよ。君の努力も、いっぱいあったさ。それと、君のビ・ボ・ウとネ……」

未亡人となった冴子を狙って、商談を持ちかける男性客の大勢いることも、明は知っていた。女優のような冴子の端整な顔立ちと、身なりは、町一番の魅力的な女性として誰もが認めていることでもあった。

冴子はコートを脱いでフックへ掛けると、明の腰に両腕をまわして、明の腹部に頬を埋めた。

「おいっ、どうしたんだよ、くすぐったいじゃないかよ……」

見上げた冴子の頬を、ひとすじの涙が伝って落ちた。

明は、冴子の両脇を抱えあげると膝の上に乗せ、その涙を拭うように冴子にくちづけた。また少し勢いを増した雨音だけが、二人を包んで離さなかった……。

明は、そっと唇をはなすと、ささやいた。

「だいじょうぶだよ。事務所の電話は?」

「誰からも来ない。もう、留守番電話に切り替えて来たわ……」

冴子は泣きじゃくった後の小さな女の子のように、低くすすり上げた。

「そうか、じゃあ一緒に乗っていくか?」

「でも……、邪魔じゃないの?　運転しづらいんじゃないの?」

「なぁに、腕を動かしているだけサ。君ひとりそこに座っていたって、なにも苦にならないよ」

冴子は明の膝から滑るように降りると、アクセル・レバーの傍らへ小鳩のように蹲った。

「君の持ってきた懐中電灯で、前方を照らしてみてくれ」

明は室内灯を消すと、前方を確かめた。降りそそぐ雨脚に閉ざされて、遠方の視界は利かないが、アームの範囲内なら、冴子の持ってきた二百ワット作業用懐中電灯の灯りで大丈夫であった。

「大丈夫だよ、こうしてやってみるか……、目立たなくていいかもしれない」

「見て、キャタピラの跡をっ」

冴子が叫んだ。明は、一瞬ヒヤリッとした。

「あんまり、右端へ寄り過ぎよ。右キャタピラの跡半分が、崩れ落ちているわ」

「ああっ……」

明は思わず、息を呑んだ。

もし、もう少し右へ寄っていたなら、十メートル余りあるだろう山底へ、三十トン重機もろとも落ちていたに違いない……。

冴子は再び明の腹部へ顔を埋めると、低くくぐもった泣き声をたてている。

ふと、その時である。運転台がいくらか傾いたかと思うと、雨音を弾き消すかのような砂崩れの音がして、パワーショベルは明らかに右への傾斜を深くした。明はとっさにアクセルをふかすと、アームを伸ばして左前方のブナの根方へバケットを突き刺した。

長い、長い崩砂流の音が走り、山襞の右端が暗い山底へなだれ落ちていった。

明は少しアクセルを落とし、アームをゆっくりと縮めると機体は静かに水平を取り戻した。明の腹部にしがみついていた冴子が、持っていた懐中電灯で前方の暗がりを照らしてみると、右キャタピラ跡の半分を残すかのように、砂山の頂へと砂崩れが走っている。

「キャーッ」

冴子の悲鳴が運転台を震わせた。

「騒ぐな。摑まっていろっ」

明は再びブナの根方へ深く、深くバケットの爪を突き立てると、静かに静かに機体を旋回させて、キャタピラを回した。

パワーショベルの機体がアームと平衡になったかと思うと、ザーッと、また雨音を掻き消して砂崩れが走った。

機体は半分、空中へはみ出して、十数メートルの闇底へ砂音が消えて行く……。

左前方のブナの根方がベリッ、ベリッと鈍い剥がれ音を立てて、機体はまた右への傾斜を深くした。

さすがの明も一瞬、青くなって息を呑んだ。冴子は懐中電灯を放り出して、明の懐へしがみついて打ち震えている。

アーム・ランプを点けた。

機体ランプも点した。

明は、ゆっくりと少しずつアームを縮めると、前進レバーを静かに引いた。

砂が崩れてゆく………。

また、ゆっくりとアームを縮めた。

前進レバーを引く……。

砂が崩れてゆく………。

前進レバーを引くと、砂が崩れてゆく……。アームがブナの大木に絡みつくように屈折し、やっとの思いで機体は完全に雑木林の中へ逃れた。

明は、ふぅーっと息を吐き出すと、ガクリと首を項垂れた。冷汗の粒が、首筋を伝うのが分かった。冴子は、まだ少し打ち震えながら、明の腰にしがみついている。

「だ、だいじょうぶだよ、もう……」

冴子の震える両腕が、明の背中を這い登り、首筋に凭れ掛かり、冴子の唇は、明の汗を吸いながらその唇を探し求めて重なり合った。ワンピースの下の、冴子のか細い両肩はガクガクとまだ音をたてて震えている。明はアーム・レバーから手を離すと、冴子を抱き上げ強く強く抱きしめていた。

仕事と家庭に追われて、いつの日からか冴子の体から遠ざかっていた明は、あらためてか細くなった冴子の肩に疲労の重さを感じていた。

「疲れているな……、サエコ。ずいぶん痩せてしまったな……」

重ねた唇をそっとはなすと、冴子の耳元へささやいた。

「…………」

明は、曇りかけたパワーショベルのウィンドーをタオルで拭き取ると、ルームライトを消した。冴子の持ってきた懐中電灯で、あらためて頂の方角を照らして見た。

雨脚に煙る雑木林の向こうに、ようやく二本松を確認することができた。およその目測でも、あと百メートル程はありそうであった。明の傍らで、まだ茫然と打ち震えている冴子に、

「さぁ、先を急ぐぞ。あと百メートル程だ、明かりを照らしてくれ」

パワーショベルのアクセルをふかすと、雑木をアームで薙ぎ倒しながら、斜面を削っては旋回し、バケットで作業路を固めながら登って行った。雑木に阻まれて、以前の倍の時間が優に費やされる結果となってしまった。しかし、明の心は、なぜか落ち着きを取り戻していた。

明の脳裏に、三年前のあの日ことが蘇っていた。

※

長い冬も終わりに近づいた、三年前の三月も末近い日のことであった……。

残業を終えて事務室へ戻った明の耳に、社長室の奥から二人の怒号が聞こえてきた。浩一と冴子が言い争っていたのであった。

浩一にはいつの頃からか愛人ができて、冴子に別れ話を持ちかけていた。

後に残される二人の子供、会社の運営権や財産分配をめぐって、二人は感情のほとばしるままに激しい言い争いをしていた。

思い余った明が、社長室へ入っていった時には既に、冴子の頭上に浩一の振りかざした鈍器があった。明は、とっさに冴子に体当たりを加えると、浩一の振りかざした大きな陶器の花瓶は、明の足元へそれて落ちて、床へ砕け散った。

テーブルの上に置かれていたリンゴをのせた西洋皿の中で、キラリッと光った果物ナイフが冴子の両手に握られたかと思う間もなく、冴子はその小さな凶器を胸の辺りで押さえ込むと、そのまま浩一へ向かって体ごとぶつかっていった。その美しい果物ナイフは浩一の心臓の辺りに突き刺さったまま、浩一は社長椅子の傍らへ倒れ伏してしまった。

一瞬の出来事であった。

「だっ、大丈夫かっ」

明は浩一の上体を起こし揺すってみたが、浩一はわずかなうめき声を残して、事切れてしまった。

「……し、死んじゃったの！」

みるみるうちに冴子の顔は青ざめて、

「どっ、どうしよう……、ねえっ、どうしたらいいのよぉっ。私、殺しちゃったのぉー」

長い髪を振り乱し掻き毟りながら、壁に自分の頭を叩きつけて取り乱す冴子の肩を、明はやっとの思いで押さえつけると、

「落ち着くんだ、落ち着くんだ、サエコ」

「はぁっ、はぁっ、はぁっ……」

激しい動悸のままに打ち震えている冴子の肩を、そっと後ろから抱きしめると、

「正当防衛だよ……、ほんの過ちに過ぎないんだよ」

冴子は、ガクガクと唇を震わせながら、

「……私……、自首するわ。自首して、本当のことを話してくるわ……」

「待て、サエコ。早まってはだめだっ。君がいなくなったら、この会社はどうなるんだ。浩一もいない、君もいない……、会社の経営内容を知っている君達が一度にいなくなってしまったら、残された従業員達はいったいどうなると思っているんだ。落ち着け。少し頭を冷やして考えよう……」

青ざめて、茫然と立ち尽くす冴子を後ろから抱きしめると、明は、浩一の遺体をブルドーザーに乗せたまま川へ転落させ、事故死に見せかけることを思いついた。しかし、遺体が見つかれば胸部の傷痕で殺人がばれることになる。そこで、ブルドーザーだけを川へ転落させ、遺体は砂山の頂に埋めることにした。

血液の滴るのを防ぐため、浩一の遺体に雨合羽を着せ、その両手足の裾をロープで縛り、血の付いたナイフの柄をきれいに拭き取ると、明は再び握りしめ、自分の指紋を付けると、そっとその腹部へ押し隠し、腰の辺りをまたロープで縛りつけ、二本松のある頂までスコップひとつに遺体を背負い、やっとの思いで登り上がった。

あの頃の砂山は、まだ今程までに削られておらず、所々に残雪のある緩やかな東の斜面の杉林の中を、いつしか雲間から顔を出した月明かりの自分の影を追うように、無我夢中で登って行った。

やっとの思いで頂の二本松へ辿り着いた頃には、もう夜空には星が瞬いて、月が皓々と下界の谷川を照らしていた。明は二本松の根方へ腰を降ろすと、遺体を横たえ眼の眩むような旨いタバコの一息を喫い込んだ。

月明かりに照らされた川面は、緩やかに蛇行して国道のある闇の方へと消えていた。

ときおり風が吹きつけると、硅砂の山のあるパドックの片陰からキラキラと川面を流れるように、硅砂の粒が川風に乗り月の光りを受けてきらめいて、川の流れのままに蛇行しては瞬いて、流れては闇へと消えていた。

「ああ……、きれいだなぁ。まるで、夜空の星屑の川のようだ……」

明は、しばし見惚れてタバコを喫い終わると、二本松の北西の根方を深く深く疲れも忘れて掘っていった。太い二本の根脚の間を細長くやっと一体の体が入る幅に、一・五メートルも掘り下げただろうか……。

明は額の汗を腕で拭うと、浩一の遺体を穴の縁へ横たえ一思いに蹴落とした。後は息をつくのも忘れたように、掘り上げた土を遺体の沈んだ穴の闇へと埋め戻し、息を切らして砂山を駆け降りた。

息急き切って明が社長室の扉を開けると、冴子は打ち震える両腕で散らばった鈍器の破片を掃き取ると、血液の染みついた床を、目頭を溢れる涙で赤く泣き腫らして拭き取っていた。明は、冴子の手を取り抱き上げて社長室の奥にある仮眠部屋のベッドの上へそっと横たえると、貪るように冴子の体を愛撫した。長い長い交接の後、二人は深い眠りに落ちていった……。

翌早朝、鉱内はうっすらと春の雪に覆われていた。

明はブルドーザーのエンジンを掛けると、鉱内をひとまわりして掻き集めた雪を、排土板で揃えると、ブルドーザーの向きを雪捨て場になっている谷間へ向けて走らせた。掻き集めた雪が谷間へ崩れ落ち、排土板が宙へ浮いたところで、明はブルドーザーから飛び降りた。ブルドーザーは一度、高々と雪山の上へ伸し上がると、排土板からガクリと項垂れて、深い渓谷の川面めがけてずり落ちて行った。

明は、冴子とだいたいの今後の動きを話し終えると、いったん家へ戻り朝食もそこそこに、いつも通り出勤時間ギリギリに会社へ向かった、早めに来ていた社員達が谷底へ落ちたブルドーザーに気がついて大騒動になっていた。

「アキラーッ、たいへんだ」

「社長がブルドーザーのまま、谷底へ落ちたぞ」

「救急車を呼べ！」

「警察に電話しろ！」

辺りは、騒然となってきた。

冴子はいつも通りの時間に、赤く腫れ上がった瞼を隠すようにサングラスのまま出社して来た。

「冴子さーん、社長が谷底へ落ちてしまいましたよーっ」

「ブルドーザーのままーっ。谷へ寄り過ぎたんですよー」

従業員達は、雪捨て場の辺りに集まり銘々勝手な憶測を並べて、車から降りた冴子に向かって叫んでいた。冴子は驚いたふりをしながら、雪捨て場の方へ駆けて行った。

明は、事務室の電話の前で事件が自然の成り行きのように自分達に有利な方向へ進展していくことに、深い安堵感を覚えていた。

しばらくすると、地元の警察官が二人程来て現場検証が始まった。

冴子は、従業員達を事務室へ招集すると、

「今日は工場を閉鎖し、一切の作業を停止します。皆さんは、事務室で待機していてください」

「どうも社長自身の運転ミスによる、事故のようです。皆さんも慌てることなく、行動をとっていただきたい」

明は自分自身、動揺する心を直隠しながら、そう告げた。

やがて県警の捜査員達が到着し、遺体の捜索が始まった。工場周辺は地元の野次馬連中や、知らせを聞いた知人達が集まり、騒然とした雰囲気に包まれていた。

二人の地元警察署員が事務室を訪れて、事情聴取が始まった。

「皆さんの、昨夜からの行動は？」

「第一発見者は、誰だったのか？」

明は、冴子の方をそれとなく振り向いて見た。冴子の、もうすっかり落ち着きを取り戻している様子に、明はスーッと肩の力が抜けるのを覚えた。夕べは十時頃までかかって、出荷伝票の整理や翌日の受注先の住所や砂種の振り分けの整理をして、十時半頃帰宅したことを捜査員に告げた。

冴子は、明の帰った後、十二時頃まで帳簿や伝票の整理をして帰り、主人の浩一は冴子に行き先も告げず、接待客のあることをぽつりと話しただけで、すでに八時頃事務所を出ていたこと、また冬期間の、早朝の鉱内の除雪はいつも浩一ひとりで行っていたことなどを話し終えた。

遠い日の、長い長い一日のことであった。

※

明の脳裏で、今また遺体を掘り出しに行こうとしている自分と、三年前のあの日の自分とが重なり合って、交錯していた。

「アキラーッ、なにボーッとしているの！　危ないわよ！」

足元で明を見上げて叫んだ冴子の声に、ハッと我に帰った。

「ご、ごめん。いや……三年前のあの日のことを思い出していたんだよ」

「だいじょうぶ……？」

「ああ……、だいじょうぶだ」

明は、いくらか自分の疲れに気づいたように、呟いた。

「サエコ……、天気の良い月明かりの夜にはね、硅砂の粒が川風に乗って瞬いて、流れて行くのがここから見えるんだよ。まるで夜空の星屑のような川がね……」

「えっ、星屑の川……？」

「ああ、川の流れのままに硅砂の粒が川風に乗って輝いて飛んで行くんだよ……キラキラと」

「へーえ、私も一度、見てみたいわ。ねぇ、またいつか連れて来て……」

明は、冴子の頬へ乱れて垂れたふたすじの前髪を、人差し指でやさしくかきあげながら、

「ああ、月明かりの夜にね」

微笑むようにそう答えると、アクセルをふかして上げた。

雑木を薙ぎ倒し、斜土を削っては旋回し傾斜を緩め、また旋回しては雑木を薙ぎ倒して、進んでいった。

二本松の頂へ、やっとの思いで重機が辿り着いた頃には、時計はもう十一時をまわっていた。

明は、二本松の北側の傾斜へ回り込むと、アーム・ランプで遺体を埋めた辺りを照らして確かめた。

「あの大きな、二本の根方の間だったかなぁ……」

冴子は思わず眼を逸らして、明の膝へ顔を埋めた。

「少しずつ、掘ってみるか……。遺体をあんまり傷めてもいけないしなぁ」

冴子は、まだ眼を逸らしたまま顔を埋めていた。

明は、パワーショベルを大きな二本の根方と平行に向けると、バケットで少しずつ抉り取っていった。開いたままのパワーショベルの窓から、かすかな腐臭が漂い入ってきた……。

「間違いない、この下だ」

明は窓を閉めた。雨脚はだいぶ弱まっていた。冴子は明の膝に頭をあずけたまま、そっと横目でひとときバケットの方を見ていたが、また眼を逸らしてしまった。やがて、冷風のまま回していたウインドー・ファンからまで、さらに激しい死臭が立ちこめてきた。

「ウォッ……、プッ」

「うわぁっ、ひどい臭いっ」

明は一瞬の嘔吐をこらえると、慌ててウインドー・ファンのスイッチを切った。

とりあえず、狭い根方の間を五十センチメートル程掘り下げてみた。そして、さらにもう五十センチメートルも下げただろうか……、突き立てたバケットのレバーに何か引き当たるものを感じて、レバーをそっと戻した。

「こっ、これだなっ」

バケットの爪を少しばかり上げると、静かに砂土だけを掘り上げた。アーム・ランプを照らして見ると、一メートル程下がった穴の平坦に撫でられた砂土の中から、青黒く変色した雨合羽の表面が現れた。

「キャーッ」

冴子は思わず眼を背けて、明の膝の辺りにしがみついた。

「見るな！　見なくていい、眼を伏せていろ」

明はなるべく遺体を傷付けまいと、バケットの爪を根方に直角に突き立てた。しかし、根方と根方の間に埋設した穴の幅の小ささから、引き上げる時どうしてもバケットが手前の根方に引っかかってしまうのである。手前の根方の一つを抉り取ってみようかと試みたが、樹齢を重ねた松の太い根脚だけは、どうしても削り取れなかった。

ともかく、静かに静かに引き上げてみた。遺体は辛うじてバケットの爪先に引っかかっている。明自身、思わず眼を逸らしたくなる光景であった。

「サエコ、見るんじゃないぞ！」

明が叫んだ。

間隔の狭い、根方と根方の間からバケットで掬い上げるには、どうしようもないことであった。遺体はバケットの爪先に、いまにも転げ落ちそうに、辛うじて引っかかっている。靴は疾うに脱げ落ちて、もっとも腐食のすすんだ手首と足先の白骨をダラリと曝している。

さらにまずいことに、雨合羽のフードがバケットと根方の間に挟まれ、切れ落ちて、腐食の残った頭部は長く伸びた頭髪を引きずりながら、コロリと回転し、その腐った顔面をこちらへ向けた。

「キャーッ！」

つい、薄目をあけて見ていた冴子が思わず悲鳴を上げて、腰を落としてしまった。

「見るなと、言っただろっ。見るんじゃない！」

浩一の遺体は、長い長い頭髪をズルリと引きずると、ガクリと項垂れ、腐肉の残った頭蓋の眼孔の窪みから、とろりっと、ひとすじの尾を引いて、腐った眼球のひと玉が根方の端へ垂れて落ちた。

目鼻立ちの整っていた浩一の面影を残しているような、額から頬への肉が腐り落ちて、眼孔の奥に取り残された、眼球のひと玉だけが、アーム・ランプの光りを受けて二人を睨み返しているようだった。

浩一は幼少の頃、父親の背中で溶接光の火花を見つづけて左眼を失明し、義眼を入れていたのだった。

重機から降りて、遺体をバケットの奥へ押し込んでみようかと、明はドアを開けて一歩外へ踏み出したが、死臭のあまりのひどさにこみ上げる嘔吐をこらえながら、すぐにドアを閉めて重機の中へ戻ってしまった。

いったん遺体を平坦な地面に置き直して、もう一度、砂ごと抉り直してみようかとも思いかけたが、遺体の脆さを思うと、自分自身もう投げやりな気持ちになってしまっていた。

明はそのまま重機を回転させると、遺体をバケットの端から頭部と手足をダラリと垂らしたまま、下山することにした。

時々その頭部へアーム・ランプの焦点が合うと、取り残された片方の眼球だけが雨のしぶきの向こうで、ジロリッと光って重機の中の二人を睨み付けているかのようだった。

「さぁ、下山するぞっ、サエコ。絶対に外を見るんじゃないぞ！　お前の亭主が睨み返しているぜ」

明は遺体を落とさぬようにバケットを深く折り曲げたが、どうしても長い髪を垂らした頭部と手足だけが、はみ出し、ぶら下がってしまうのだった。

下山は順調にいった。

ゆっくりとバケットの背を斜面に押し当てながら、キャタピラを回して静かに降りていった。麓へ着くと、

「サエコ、さぁ着いたぞ。君は事務室で待っていろ、見ない方がいい……。このまま県道を横切るわけにも行かないから、俺はここまでダンプを持ってくる」

「ええっ……」

冴子は項垂れたまま、明の差し出す傘に入ると力なげに明の体に身をまかせ、歩き出した。激しい死臭が雨の矢とともに、二人の入った傘を突き破ろうとしているかのようだった。

「うまく谷川の濁流に呑み込まれ、ダムサイトまで流れ着けばいいが……、漂流木にでもから

まって、その辺に引っかかりでもしたなら終わりだな。サエコ、もしものことがあっても君は平常心でいてくれ。僕らはまだ若いんだ、いくらでも出直せる……、時が経てば。僕ならそれに耐えられる……、君はだまって会社を守っていてくれ……」

「ア、アキラ……」

冴子はそっと明を見上げた、明は穏やかな笑みを浮かべて、ウィンクを返した。

「でも、それじゃあ、あんまりでしょ……。あなたばかりに罪を負わせるなんて……」

冴子はまた声がかすれて、泣き出さんばかりに返事をした。

「泣き虫だなぁ、うちの社長は……。もう少し強くなれよ。仕事をしている君の姿が、いちばん美しく見えるんだよ、サエコ」

事務所のドアを開けると、そっと冴子を押し込むように

「君はここで休んでいろ。あとは天にまかせるだけだ。仏さんもかわいそうだが、僕達だってまだ生きていかなきゃならないんだ」

明は事務所の脇に並んだ四トンダンプの一台にエンジンを掛けると、県道を横断しパワーショベルの方へバックした。アームの下へダンプを止めると、パワーショベルに乗り移り、静かにバケットを返して遺体をダンプに積み込んだ。遺体はほどよい砂に覆われて、やっと静かな眠りに就いたようだった。

明はパワーショベルのアームを伸ばしてその場へ固定すると、エンジンを止めた。

ダンプに乗り移ると、ゆっくりとハンドルを切り県道を横断し、冬場は雪捨て場になる鉱内の谷縁へ静かにバックして行き止まった。谷底を見下ろすと、思った以上に水嵩は増し、ろうろうと濁流が流れている。

「これなら、おそらく大丈夫だ」

祈るような気持ちでダンプのPTOレバーを引きアクセルを上げ、谷底めがけて遺体を落としてやった……。

大雨が去って、梅雨晴れの日が戻ってきた。明も冴子も、ようやく日常を取り戻したように仕事に没頭し出したある日、明はイヤな噂を耳にした。

町民の誰某が、人体らしきものを橋の上から発見したという話であった。

明はパワーショベルの座席に座り込み、脳天から血が下がり足元から抜け出していくような目眩を覚えて茫然とした。ただひたすら何かの間違いであることを祈っていた。

数日後、二人の地元警察官が会社を訪れた。二、三の説明を受けると、冴子は無線でパワーショベルにいる明を呼び出した。

「アキラくん。ちょっと事務室まで来てちょうだい。大事なお話があるの……」

冴子は震える心をひた隠し、冷静を装って言った。しばらくすると作業服姿の明が、長靴のまま上がり込んで来た。明は、二、三日前の遺体発見の騒動から、もう覚悟を決めていたことだった。

「アキラ……、座って」

冴子の、意外に冷静な様子に、明はほっと胸をなでおろした。

「アキラくん、大変なことになりましたよ」

一人の警官が口を開いた。

続いて上司であろうか、もう一人の警官が言った。

「実は一昨日、県道にかかる『大渡橋』の、水嵩の引いた橋脚に、このあいだの大雨の濁流に流されてきた流木が引っかかっておりましてね。その流木に人体らしきものが挟まれているとの通報を受けまして、調べてみたらやはり人間の死骸に間違いないことが分かりました。ただちに県警の鑑識を要請すると、遺体は肋骨に鋭利な凶器でひと突きにされた傷痕があり、かなりの腐食が進んでおり、死亡してから二～三年は経っているそうですよ。二～三年前といいますと、ちょうどこちらの元社長さんであられた『細川浩二』さんが事故死された頃と重なりましてね。さらに詳しく歯形や頭髪を調べさせていただきましたら、明らかに『細川浩二』さんのものと一致したそうですよ。腐食した遺体は雨合羽に包まれており、合羽の懐からは山砂とともに古びた果物ナイフが出てきましたよ。山砂は、ちょうどお宅の採掘現場上方の砂と質が同様で、果物ナイフの柄からは、アキラくん……あなたの指紋が検出されましたよ。どういうことでしょうかね……、アキラくん」

明はすっかり平静を取り戻していたが、ガクリと項垂れたふりをして返事を返さなかった。

「社長さん、浩一さんは事故死ではなくて、明くんに殺されたのですよ」

「果物ナイフで、胸をひと突き……」

冴子は、思わず両手で顔を覆った。

「その後、明くんはブルドーザーだけを谷川に転落させ、事故死に見せかけ、傷痕のある遺体は発見されるのを防ぐため、あの砂山の頂に凶器ごと埋めていたんですよ……、社長さん」

冴子は、やるせない気持ちのままガクリとイスに腰を落としてしまった。

「だ、大丈夫ですか、社長さん。気を落ち着かせて……」

「明くん、ここまできたら、もう隠しようはありませんよ。しっかりお話ししていただけませんでしょうか……」

長い沈黙があった。

冴子が上目使いに、明を見ているのが分かった。明が重い口を開いた。

「私が、殺しました」

冴子が、ばったりとテーブルに伏したのが分かった。

「当時、社長の浩一さんとは、経営上の方針をめぐって対立が続いておりました。それに重なるように私の積込み上のミスがありまして、社長の方から賃金の引き下げ等の意見を出されまして、トラブルが続いておりました。社長室に呼び出されたある日、口論の末とうとう思い余って側にあった果物ナイフで刺してしまったんですよ……。

私がこれほどまでに努力しているのに、その成果は認めることなく、ミスを犯した時だけ責任をとやかく言うものですから、思い余って殺してしまったんです……。そして二週間ほど前の大雨の夜、遺体を掘り出して、谷川へ流してしまいました。たいへん、申しわけないことをしてしまったと思っております」

明は、静かに静かに語り終えた。

「社長さん、しばらくの間アキラくんをお借りしますよ。細川浩一さん殺人の容疑で、取り調べさせていただきます。会社の方も大変でしょうが、どうか、ご了承ください」

冴子はテーブルの上で目頭を押さえ込んだまま、何かをこらえているようだった。

（言ってはいけない。本当のことを言ったなら、会社は潰れてしまうぞ！）

明は心の奥で、冴子に向かってそう叫んでいた。

冴子も夕べの二人の会話で、十分に承知していた筈であったが、明にばかり負わせる責任の重さを思うと、こらえても、こらえても押さえた目頭から涙が伝って落ちた。

「社長さん、しっかりしてください……。もし、何でしたらパワーショベルのオペレーターの一人や二人、こちらで紹介させていただいても構いませんよ」

冴子はなにも答えず、嗚咽していた。

「さあ、アキラくん参りましょう……、出頭願います」

「署長、手錠は……」

「アキラくん、大丈夫だね」

「ええ」

一人の警官が立ち上がると、明もそれに続いて事務室を出て、玄関に横付けにされたパトロール・カーに乗り込んだ。

「社長さん、気を取り戻して、どうかよろしくお願いいたしますよ。詳しい事情は分かり次第、後ほどまた連絡いたしますから」

「はい、お願いいたします……」

涙声のまま、冴子はようやくその一言をだけを言い終えた。

「署長、いいですか発車しますよ」

会社の周りに騒然と立ち並んだ人込みの中に、明は妻と子供達の姿を見つけた。

「署長さん、すみません、家内に一言……」

「ああ、どうぞ言ってきてください」

明はパトカーを降りると、事情を知って駆けつけた妻の方へ、人込みを掻き分けて歩み寄った。

「すまん、迷惑をかけて……」

「あ、あなた……」

「子供たちをよろしく頼む」

明の妻はガクリと膝を落とすと、声も出せずに地に泣き伏した。

呆気にとられている、二人の子供達に、

「お父さんはしばらくの間、出張のお仕事で遠くの町に行ってくるからネ。お母さんの言うことを聞いて、しっかり勉強するんだよ」

「うん」

「うん、分かった。おみやげ買ってきてね」

「ああっ、おおっきなガンダムか？」

「うん」

「うん」

「じゃぁ」

こみあげる涙をこらえて、ガッツポーズをとった明に、二人の子供たちもその小さな手を振り上げてガッツポーズを返した。二人の頭を軽く撫でると、足早にパトカーの方へ戻った。

事務所の玄関先で見送っていた冴子が、両手で顔を覆うと事務室の中へ飛び込んでしまった。

「署長さん、社長にも一言いいですか……」

「えっ、ええ。手短にお願いしますよ」

事務室のドアを開けると、社長室の奥から、低く、くぐもった泣き声が漏れていた。

「ごめんね、アキラ。ごめんねアキラ」

冴子は、ベッドの端に跪き泣き伏していた。

「今夜あたり、いい月夜になるぞ。登ってみろよ、砂山の頂まで。星屑の川が見えるぞ……」

「えっ、星屑の川……」

「ああっ、きれいだぞ。お前と俺の二人だけの川だ。絶対に絶やすなよっ、硅砂の光りを。じゃ、行ってくる」

明は背を向けると、事務室を出た。

「アキラ……」

とどまることのない涙の粒が、拭けども、拭けども冴子の頬へ溢れて落ちた。

明を乗せたパトカーが、サイレンを止めて県道の向こうへ消えた。


その夜、冴子は砂山の頂へ登っていた。月が皓々と天中にあった。川のある方角を見つめていると、鉱内の作業灯の灯りの途切れたパドックの辺りから、キラキラと硅砂の粒が月の光りを受けて輝いて、川風に吹かれて飛んで行き闇の中へと消えていた。また、いくらか風が吹くと、キラキラと星屑のような硅砂が瞬いて川の流れのままに吹かれて消えた。

「ああ……、あれが星屑の川なのね。硅砂の光りの川なのね……アキラ」

冴子は、頬を伝う涙を拭うのも忘れて、見つめ続けていた。

サンセット殺人急行

ススキの穂波を揺らし、やわらかな盛秋の夕陽が、車窓のカンバスを通してシートの上へ照り映えている。

十五時十分北上発「北上—横手行」急行列車は、県境を越えた高原の駅「黒沢」で緊急停車をしたまま落日の中、山々の片陰になってゆくホームに留まっている。


男は首を深く項垂れて、シートの隅へ蹲るように死んでいた。

長い両足を向かいのシートへ伸ばしたまま、ベルトを弛めたズボンのファスナーから縮みきった赤黒い陰茎をだらりと垂らし、薄青い精液を周囲に飛び散らかして、血糊の海に浮かんでいた。

駅の周囲を両県警のパトロール・カーが警告灯を点滅させながら、取り囲んだ。

にわかに乗客達が、騒ぎ出した。

「落ち着いて下さい。落ち着いて下さい」

警察の取り調べが終わると、乗客達は、車掌に誘導されながら次々に代行のバスに乗り移されている。

「財布は……？」

「あるんですよ……それが。でも、中身は小銭だけなんですよ……千円ほど……。切符は『仙台―秋田』の乗車券が、それにおそらく『仙台―北上』の新幹線切符を買ったはずだと思います」

「仙台まで行って、小銭だけが残ったのか……、おかしいな。秋田のどこに住んでいるかは知らんが、駅からの足代にも足らんじゃないか」

「害者の身元を当たれ」

「札金だけが盗まれたのか……」

「殺してから、札金だけを取り出して財布はまた元の内ポケットに戻したのか……。おかしいな、そんな余裕があったのか？」

「いずれにせよ、以前も同じ手口の犯行でしたよ」

「ほぉ……」

黒沢派出所の所員が、協力要請に応じて来た岩手県警署員に口々に説明していた。

「目撃者は……？」

「誰もおりません」

「たった二両の列車で、車掌も乗客も誰も気づかなかったんかぁ」

「害者の右後部座席に男性客が乗っていたんですが、何も怪しげなことはなかったと……」

「これで二件目ですよ、同じ手口で。この前も、札金だけが掏り取られ、胸に果物ナイフを突き刺されて、陰茎をむき出したままズボンを精液まみれにして寝そべり返り、血の海に浮かんでいましたよ」

「……」

「第一発見者は誰だ」

「車掌です。黒沢駅少し手前で気づいたそうです。その時には、もう車両内に犯人らしい者はいなかったそうです」

「この急行列車は北上を出ると、停車駅は『横川目駅』と『川尻駅』しかありません」

「すると犯人は、川尻駅で下車したということか……」

「よしっ、川尻駅周辺を当たれ。バス路線は『湯本行き』と『湯川行き』の二本、あとはタクシーだ。それと、周囲の聞き込みに当たれ」

プラットホームは、すっかり山々の片陰になり、薄紅色の雲をひいた空に余光を残して、夕陽はもう黒い山脈の向こうへ沈んでしまった。灯りの洩れる車内には、四、五人の検察官の姿があるだけで駅の周囲は静けさを取り戻していた。

「たった二両の列車に、十八人しか乗っていませんよ……。赤字路線ですよ。それでも今年は、秋田新幹線の工事で、不通になっている田沢湖線の乗客がこっちへ流れて、乗車率が良い方ですよ」

黒沢駅員が、しんみりと呟いた。

「すると今は、岩手から秋田へ通じる路線はここ一本か……」

「ええ……」

「部長、免許証から害者の身元が割れました」

「どこの、誰だ」

「秋田市の〝K商事〟に勤める、『佐々木文夫』という男性です」

検察官の一人が無線を片手に、車窓から身を乗り出すようにして叫んでいる。

「かわいそうに……、妻子が待っているんだろうになぁ……。出張帰りの列車でグサリかー」

「何か、恨みを持った者の犯行ですかねぇ」

秋田県警部長が近づいてきて、耳打ちでもするように言った。

「いや、以前の事件と同一犯だとすると、金目当ての無差別犯だと思うがね」

自信ありげに、岩手県警部長が呟いた。

「部長、指紋ひとつ検出されませんよぉ」

検察官の一人が、列車を降りてきて言った。

「凶器は……」

「白い果物ナイフです。こんなもん、どこにでも売っていますよ……」

「しかし、どうしてチンチン丸出しなんですかねぇ……。列車の中で、自慰をするやつなんているのかぁ?」

「長い頭髪が見つかりましたぁ」

列車の窓から声がした。

「でも、毛根が樹脂製です。カツラですねぇ」

「死亡推定時刻は？」

「今から、一時間ほど前ですね」

「県警に連絡の入ったのが、四十分ほど前ですから……。犯行時刻は列車が川尻駅に着く、ほんの少し前頃じゃないですかぁ？」

「うん、そうだな」

「川尻駅の手前に湖面を横断する鉄橋があり、さらに続いてトンネルを抜けますね。周囲に気づかれず、もっとも殺害が可能な瞬間といえば、このトンネルの闇と鉄橋の橋脚音の続く間じゃないですか……」

「殺害し、金を取り出し川尻駅で飛び降りた……？」

「しかし……。男の胸をひと突きで刺し、財布から札金だけを掏り出して元のポケットに納める……。女ひとりの力で、しかも短時間にそんなことができるのかぁ……」

川尻警察署に「北上線列車強盗殺人事件捜査本部」が置かれた。

しかし、依然、犯人の行方はつかめず、山々は日毎に彩りを増し、秋は深まっていった。

奥羽山脈を横断するこの北上線は、昔は点在する鉱山を結ぶ鉱山鉄道として栄えたが、今ではバカンスや帰省シーズンを除くと、平日の朝夕の通勤、通学客以外乗り降りの少ない赤字路線である。それでも裏日本と表日本の主要都市である横手市と、北上市を結ぶ接続路線として存続している。

列車は山脈の渓谷を縫うように登っていき、残雪と新緑の頃や盛秋の紅葉シーズンの絶景は、初めて訪れた旅人の眼を車窓のカンバスに釘付けにする。

高木の故郷は、この北上線の中央、奥羽山脈の傾きにある過疎と廃鉱の町、湯田町であった。高木にとっては、久しぶりの帰郷であった。昨秋の、高木のミスによる商談の破綻は、確かにこの春の人事異動にも影響し、高木の、課での待遇は明らかに冷沈したものになっていた。

「フルサトヘデモ、カエッテミルカ……」

高木は疲れ果てていた。

会社へは、知り合いの医師より「急性胃潰瘍」の診断書を書いてもらい、妻子には、「亡母の七回忌の法事の相談がある」などと言い訳を残して、まさに都会の喧騒から逃れるように、盆暮れとてめったに帰ったことのなかった故郷へと、新幹線に飛び乗ったのであった。

北上で新幹線を降りて、北上線へ乗り換える頃には、時計は十五時をまわっていた。

やわらかな午後の陽射しが街並みの上できらめいて、色づき始めた街路樹が風に吹かれて揺れて、眩い。

列車を乗り換えてまもなく、心地好い列車の振動の中で、高木はいつの間にやら浅い眠りの中へと落ちていった。時折、深い渓谷を渡る橋脚音や、列車が山襞を貫くトンネルへと貫入した時の、車内の気圧の下がりが、心地好い眠りを破って侵入してくるのだった。

北上線へ乗り換えて六つ目の駅を通過した頃であろうか……。列車は渓谷に沿って走る国道を尻目にカーブしながら、さらに山襞の奥深く登っていく。

夕陽が紅葉の山脈の頂をかすめて、車窓のデッキに反射し、向かいのシートに座っている人影を、高木のおぼろげな眼裏に投げかけていた。

高木は眩しい残照をこらえながら、鈍い眼をゆっくりと見開いてみた。すると、いつの間にそこに座っていたのであろう、一人の年若い女が微笑みながら、高木を見つめ返しているのであった。

「ヨダレが、こぼれ落ちそうでしたわよ……んふふふ……」

女はサングラスのフレームを押さえて笑った。

まだ、四十そこそこであろうか、面長な顔立ちの長いストレートヘアの美人であった。

「私も、足を楽にさせてもらったワ」

心地好い眠りと振動で、高木はほとんどシートを枕にしてくずれおれて、その右足は女の股間に挟まれていた。車窓から差し込む夕陽の照り返しを受けたブラウンのストッキングに包まれた、二本の柔らかな太腿に挟まれ吸いついて、高木の右足は投げ出されていた。

ミニスカートの裾から伸び出した、その柔らかな太腿の稜線は、高木の視線をニットの奥の薄暗い丘陵地帯へと誘っていた。

高木は、慌てて体を起こし座り直そうとした。

「あらっ、よろしいのよ。ゆっくり、お眠りになられて……」

女は、明らかに、その柔らかな眩いブラウンの太腿に力をこめて、高木の足を挟み返してきた。

高木は、心地好い眠りが奪った全身の力を取り戻そうとして、

「いやっ、これはどうも失礼」

声に出してはみたものの、力なく、女の太腿の意外な強さに挟まれたまま、その柔らかな感触を確かめていた。

高木は眼を疑いながら、右足を挟み込んでいる女の、その柔らかなブラウンの太腿の、ミニスカートの裾のさらにその奥へと視線を運んでいた。

ワインカラーのガーターベルトで吊り下げられたストッキングの途切れた奥へと視線を辿ると、そこには視線を遮るはずの下着の生地らしいベールなどどこにもなくて、柔らかな残照の陰りを帯びて、こんもりとした陰毛の森が息づいていた。その柔らかな森の茂みは、あやうい黄昏の夕陽をかすかにしのばせ、呼吸でもしているかのように蠢いて、高木の視線を釘付けにしていたのであった。

高木は、慌てて視線を上げた。

「あらっ、いいのよ。もっと見たい……?」

女はけだるげに微笑みながら、ふと、人差し指を一本立てた。

「えっ……、金か……」

女は、ストッキングのつま先で、高木の股間を摩り上げながら、頷いた。

高木は一瞬ためらったが、柔らかなストッキングに包まれた二本の足指は、完全に高木の陰茎を食わえ込んで摩り上げている。

「あああっ……、あうぅ……」

高木は、思わずうわずった声を上げた。

胸の内ポケットから財布を取り出すと、一万円札を一枚抜き出した。

女はさらに激しく、固くなった高木のモノを扱きだした。

「あうぅぅ……、あぁぁぁ……」

「そこへ置いて……」

女はけだるい声で、ささやいた。

高木は、腑抜けた体を支えるように両腕をついて、シートの脇にひとひらの一万円札を開いて置いた。

「出してぇー」

「うっ、ん……」

「あなたのモノ……、出してちょうだい」

女は静かに高木を扱き上げ、そして扱き下ろして、自分の横にたたんであったウッディブラウンのロングコートを高木の腰の辺りに、フワリとまわして掛けた。

「あああぁ……、うぅん……」

高木はコートの下で、ズボンのベルトを弛め、ファスナーを引き下げトランクスをずらすと、その固くなった陰茎をつまみだして、立てた。

女の足は、まるで二本の手指のように、しなやかなストッキングを巻きつけながら、右足の親指と中指で、高木のモノを挟んでいる。その柔らかなストッキングの感触と、足指の蠕動に早くも高木は、絶頂をこらえていた。コートの中の蠕動は、上へ下へと続いている。

すると、今度は女が、さらに左足を広げて股間を開いた。

「ほらぁ……」

女は二本の指で、黄金色の森の茂みをパクリと割って見せた……。

高木は思わず、生唾をゴクリと飲んでいた。

柔らかな森の茂みを割って、薄桃色の唇が潤んで光っている。

女は、その唇の先端の小さなつぼみをもう一本の中指で弄ぶように摩ると、小さな喘ぎのひと声をあげて、身をくねらせた。

左手で、乳房の辺りをもみしだきながら、

「ああっ、あぁぁぁぁ……」

けだるげなうめき声を出しながら、サングラスの奥から上ずるような眼差しで、トロリとまどろむ瞳を高木に投げかけている。

高木は自分のモノから射精前の漿液が、女のストッキングの足指を濡らして垂れるのを感じていた。

女は、身震いをしながら、高木はその快感をこらえていた。

高木は、喘ぎながら薄眼を開くと、左手をかざして、三本の指を立てた。

「んん……、快感の身震いのなかで上ずりながら、また金かぁ……」

「んふふぅ……、だめぇ……。ネ、お願い…」

コートの下の蠕動が、さらに激しくなった。

高木は、堪えていた精液がひとしぼり、堅い陰茎の先からこぼれて、ストッキングを垂れてゆくのに身を引き締めた。

「あらぁ……、流れてきたわよ。まだまだ早いわよぉ……」

女は三本の指を立てたまま、微笑むようにささやいた。

高木は否応なしに、胸ポケットの財布から三枚の一万円札を、さっきの金の上に開いて置いた。

「ゴメンなさいネェ……、ありがとう……」

女は、さらに股間を開くと、のけ反るように腰を上げて森の茂みを開いて見せた。

とろとろと、女の茂みの唇からも、ぬめるような襞を伝って愛液がしたたり落ちて、糸をひいた。

「あぁぁ……っ、イクゥ……」

女は、さらに激しく自分の指を動かし、悶え、喘いでいる。コートの下の足指に力がこもり、硬直した高木の陰茎の根元を挟んで、震えている。

「御乗車、ありがとうございました。次は『川尻、陸中川尻駅』でございまぁす。御降りの方は、お忘れ物のございませんように……。ホームは。左側の出口でございまぁーす」

車掌は、何も気づかずキップカッターを後ろ手に振り回して、通り過ぎて行った。

列車は湖面を渡る鉄橋に掛かり、トンネルを抜けると、まもなく「川尻駅」に着く。

女はふいに、左手を開いて上げた。

高木は、またひとしぼり、自分のモノから精液の流れ出すのを堪えながら、

「五、五万……」

「そう……、ネェ、お願い……。お金いるのよ……、ねぇ……」

女は、開いたその手を下あごへもってゆき、頬杖をつくように首をかしげて、潤んだ瞳をなげかけている。

「あるだけ、ちょうだい……、ネェ、だめぇ……」

女は、力をこめた最後の蠕動の上げ下げを繰り返し、高木は射精の絶頂にあった。

高木は、胸ポケットの中の財布から、あるだけの札金を重ねて置くと、

「あぁぁぁー、ううっ、もうダメだ……」

すべての記憶の遠のくような快感の中で、身震いしながらコートの中へ、白い液体をすべて放出した。

車窓に、「川尻駅」のプラットホームの灯りが見えた。

ふいに、女は札束を握ってポケットにしまい込むとコートを羽織り、おもむろに立ち上がり、高木の口もとを押さえ込んだかと思うと、拳の先に光る鋭利な物を握りしめて高木の胸部めがけて、叩き突けて来た。とっさに高木は列車の壁へ身を捩り、かわしたかと思うと、右腕に激痛が走った。

列車は、川尻駅のホームへ辿り着いて停車した。

女は、「ちっ」と唾を吐き出すと、身を翻し接続列車の後部ドアから飛び降りて、消えた。

高木は、右腕を抱えたまま、シートの下へ転がり込んでしまった。見上げると、シート背部の中程に、一本の白い果物ナイフが返り血を滴らせ、突き刺さっていた。

「あいつだっ。あの女を追えっ」

「なにっ……、姿が見えない……？　見失うなよっ」

張り込みの警察官が乗り込んでいた。

「列車を緊急停車させろっ。バス路線も、抑えろっ。タクシーも、みんな止めろっ」

もう一人の警察官が、列車の運転席へ駆け込みながら、待機中の仲間へ無線で叫んでいる。

「被害者は……?」

「あそこです」

「大丈夫かっ……、しっかりしろっ」

警察官が差し出した手を、高木は振り払うと、

「いやっ……、大丈夫だ」

高木は左手でズボンのファスナーを引き上げると、ヨロヨロと起き上がった。

「ひとまず、救急車に乗って下さい。傷の手当を受けて来ましょう」

「大丈夫だよ……、うっ、うぅ……」

右腕に、また激痛が走り、高木はその場へ蹲ってしまった。

「ほらっ、我慢しないでっ……。血が止まらんじゃないか……。歩けるか……?」

「え、ええ……、なんとか……」

「よしっ、駅前に救急車が待機している、ひとまず町内の外科医に行ってみよう」

警察官は、無線で連絡を取った。

「担架はいい、なんとか歩ける。右腕を切られている、応急処置の準備を頼む」

駅を出ると、周囲は物々しい騒動になっていた。点滅するパトロール・カーの周りを駅前の人々が取り囲み、バスは交差点の手前で止められ、続くタクシーの数台もウインカーを点けたま

ま止められ、中で警察の取り調べが行われていた。

居並んだパトロール・カーの横で、無線機を持った一人の警官が、

「なにっ、見失った⁉　なにをやっておるんだ、張り込んでおきながら……。もう一度、当たれっ。聞き込みもしろっ。髪の長い、サングラスの女だっ。分かったか」

高木を乗せた救急車がサイレンを鳴らしながら、人込みを掻き分けるように病院へ向かった。

「右腕、上腕筋を二センチ程の深さで、横八センチの長さに切り裂かれておりました。軽い縫合手術をいたしました。麻酔がきれると、痛みが残ると思いますので、痛み止めと化膿止めを処方しておきましたので……」

手術が済むと、待合室のソファーで、医師は経過を報告した。

「それじゃ、お大事に……。四、五日しても痛みの止まらない時は、またいらして下さい」

そう言い残して、ロビーに消えた。

医師が去ったソファーの横に、付き添ってきた警察官が座り直して、胸ポケットからメモ帳を取り出した。

「少し、聞きたいんだが……、いいかね」

「え、ええ……」

高木は、右腕を押さえ込んだまま、ソファーの左端に身を横たえた。

「具合が悪くなったら、遠慮しないで言ってくれ。まず、住所、本籍、氏名は……？」

「住所は東京の小石川区ですが、本籍がここ、湯田町でして……、法事の相談があり、帰省したんですよ。名前は、高木純一」

「で……、列車内での様子、事件の経緯を知りたいんですが……」

「北上線へ乗り換えて間もなく、居眠りをしてしまったんですよ……。仙人駅を過ぎた辺りでしたか……、目覚めると、いつの間に来たのか、向かいの座席にあの女が座っていました。髪の長い、サングラスの美人でした。私は、向かいの座席に両足を投げ出して眠っているすきに、女もこちらへ足を投げ出し、絡み合わして私の股間を悪戯していたんですよ……」

「で、女は金を要求したんですか……」

「ええ、お恥ずかしい話ですが、『お金がいる』と頼まれまして、快感のままに差し出しました」

「どうして殺そうとしたんでしょうかね……」

「分かりません、列車がホームへ辿り着くと、鷲掴みに金をポケットにしまい込むと、とっさに私の口を押さえつけ、ナイフで切りつけてきたんです」

「誰か、見覚えのある顔ではなかったですか」

「いや……、郷里を離れてもう二十年近くなりますしね。分かりません」

高木は、急に睡魔に襲われて、右腕をかばったままソファーに眠りこけそうになった。

「あっ、御疲れでしょう、今日はこの辺で……。車でお送りします」

「申し訳ございません……」

懐かしいわが家の灯りが見えた。

パトロール・カーを降りる際に、警察官が口を開いた。

「明日、もう少し詳しい事情を、お聞きしたいのですが……、午後からでも、お時間をいただけないでしょうか」

「えっ、んんー。あまり騒がれたくないのですが……」

「秘密は守ります。決して迷惑はおかけいたしません」

「ん……、じゃぁ、午後の三時頃でしたら」

「ありがとうございます。じゃ、三時頃お伺いいたしますので……」

別れ際に、その年若い警察官は、

「よかったら、これを着ていって下さい……、私のですが。その姿だと家の方が、ビックリなさるでしょう」

一枚のジャンパーを、差し出した。

普段は、根っからの警察嫌いの高木も苦笑しながら、それを受け取った。

「すまん……。ありがとう」

「お大事に……。じゃぁ、おやすみなさい」

パトロール・カーは、警告灯を消して闇の中へ消えた。

生垣を抜け、玄関の扉を開けると、懐かしい匂いが漂ってきた。

「こんばんはー。ただいま帰りました」

「遅かったじゃないの……。みんな心配しているわよ。あがって、あがって」

義姉がエプロンを手繰り上げて、両手を拭きながら出迎えてくれた。

久しぶりの弟の帰郷に、兄夫婦も親父も喜んで迎えてくれた。

少し老いは目立ってきたが、まだまだ気丈夫な親父に兄貴は酒を注ぎながら、テーブル越しに、高木に声をかけた。

「座れ、座れ。何をしていたんだ、今頃まで……。みんな心配していたんだぞ」

腰を下ろすと、義姉がビールの栓を開けて、兄貴がグラスに注いでくれた。

「すまん、すまん。少し、道草をくわされてね……」

高木が右腕を庇って、グラスを握った左手を見て、

「おい、お前、いつから左利きになったんだぁ……」

「い、いや、ちょっと右腕を怪我してね……」

「なぁに、また酒でもかっくらって、駅の階段からでも落ちたんだろうが……。あっはははは」

相変わらず、威丈高な親父の声に、みんな一緒に吹き出して笑った。

「相変わらず、口がわるいなぁ、親父」

「ああ、ああ。この口が直ったら、わしも、あの世行きじゃぁい」

また家じゅうに、懐かしい笑い声が響いた。もう、親父も兄貴もすっかり酔いが回ってしまっていた。

もう一本のビールの栓を開けようとしている義姉に、

「開けなくていいよ、僕はもう、たくさんだ」

「えっ……、そうお……」

「子供達は……？」

「もう、とっくに眠ったわ。明日、スポーツ少年団の野球大会があるのよ。みんな、元気よ……」

高木は、ビールを一本飲み干すと、

「僕も、くたびれたから先に休ませてもらうよ」

「お風呂は……？」

高木は、右腕を指さしながら、

「ちょっと、縫ったんだよ、しばらく入れないんだ」

「あらぁ……、大変ねぇ。二階に、御蒲団とってあるわ、ゆっくり休んで」

「すまないな……。おいっ、親父、俺は先に寝るぞ。年も年なんだから、ほどほどに飲めよ」

「はいよ、はいよ。息子殿」

「いつもは、こんなに飲まないんだけど、今日は、村の寄り合いの帰りなのよ……」

「そうか……、まっ、元気でいいや」

「そっ、寝込まれでもしたら、私が大変よ」

「それも、そうだ。まっ、よろしくたのむよ」

「家のほうは、心配しないで。でも、お母さんの法事にはいらして下さいね」

「ああ、必ず来るよ。じゃ、おやすみ」

「おやすみなさい」

「兄貴、おやすみ」

「ああ、ゆっくり休め」

高木は、一段々々懐かしい階段の軋む音を聞きながら、二階へ上がって床に就いた。

右腕の傷が、鼓動のままに疼きだした。

アルコールが入ったせいか……。もう一度トイレへ起きて小用を済ませると、飲み忘れていた痛み止めを飲んで、再び床に就いた。

「タシカニドコカデ　ミタコトガアル」

警察には話さなかったが、時が経つにつれて、いっそう、あの女の面影が高木の脳裏で肥大していった。確かに、見覚えのある顔であった。

床に就いてから、高木は遠い記憶を辿っていた。そして、ふいに起き出して、二階にある、今では誰にも使われず物置部屋と化している、自室へ入ってみた。

明かりを点けると、雑然と置かれた蒲団の山や、火燵のヤグラの向こうに、懐かしい高木の勉強机が学生時代のままに、出窓の隅に置かれてあった。机の上の埃を手で拭うと、その木造の感触に、さらに懐かしさがこみ上げてきた。

「あの頃が、一番楽しかったなぁ……、何もかも……」

高木は、ひとしき感慨に耽っていた。

一番上の引き出しを開いてみた。高校当時使っていた、シャープ・ペンシルや消しゴムが、そのまま雑然と転がっていた。

「たしか……、一番下の引き出しだなぁ……、あっ、あった」

ノートやスケッチブックの底から、一冊のアルバムを見つけた。高校時代の卒業アルバムであった。

頁をめくると、校旗の写真の横に校歌の歌詞がしたためられていた。高木は、思わず頭の中で口ずさんでいる自分に気づいて、ひとりで吹き出していた。

次頁からは、クラス別写真が並び、A組からD組まで同級生全員の姿があった。

「ううん……、気のせいかなぁ……」

さらに頁をめくると、部活別の写真が載っていた。

高木は高校時代、テニス部に所属していた。高校総体まで出場したことのある腕は、今も衰えていない。優勝旗を持った部長、優勝杯を握った副部長、その横にラケットを掲げた自分の姿があった。高木は、思わず笑みを浮かべてしまった。

さらにその下には、ラケットを膝に乗せて爪先立ちでしゃがんでいる女子部員の姿が写っていた。

「みんな、可愛いなぁ……」

高木の右下でラケットを構えている女子部員のところで、視線は止まり、釘付けになった。

「いっ、いたっ。この子だ。……うん、確か一級下の、ううん……、隣村に住んでいた……ケイコ……。うん、斎藤恵子だ」

その頃は、ショートヘアーの少しふっくらとした顔立ちの美人であった。

高木はその写真に、ブラウンのロングヘアーの髪を載せて、サングラスをかけ少し痩せ細った姿を思い浮かべた。

「間違いないっ」

確かに、あの時のあの女の顔であった。

「しかし、なぜ斎藤恵子が俺を殺そうとしたのだろうか……。ただ、偶然乗り合わせただけなのか……。にしても、なぜ……」

高木は、とうとうその夜、アルバムを眺めたまま一睡もできずに、朝を迎えた。

故郷の朝は、清々しい空気を高木の胸の中へ運んでくる。汚れきった体の中を、露を含んだ冷ややかな秋の朝風が、洗い流してくれるような気がした。

重い目頭を瞬かせながら、社への小径を歩いてみた。右腕の傷口が、昨日よりいっそう疼いている。

「何かある……。きっと、何か訳があるに違いない」

高木は、ひとり言のように頭の中で呟きながら、紅葉の盛りな裏径を、家の方へと引き返していた。

地元の農協に勤めている兄貴に頼んで、愛用のセダンを貸してもらうことにした。

「あんまり飛ばすなよっ。田舎のハイウェィーも、けっこう白バイがうるさいぞ」

農作業用の軽トラックに乗り込んだ兄貴が、車の窓を開いて一言叫んだ。

「ああ、分かったよ。すまないな、行ってらっしゃい」

今日は午後から警察が、詳しい事情を聞きに来ることになっている。

遅い朝食を済ませると、同級生の勤めているガソリンスタンドへ車を走らせた。

スタンドには、同じクラスで同じテニス部員であった、佐藤郁子が勤めている。

農協の経営する、小さなスタンドであった。給油スタンドの横に車を止めると、郁子が店の中から飛び出して来た。

「満タンですかぁ?」

高木は、サングラスを外しながら、兄貴のカードを差し出した。

「ええ……、これで」

振り向いた郁子が、突然スットンキョウな声を上げた。

「あっらーっ、高木くぅーん？　高木君じゃないのぉ、ヒッサシブリィ。どうしてーぇ、どうして今頃帰ってきたのぉー？」

「ああ、母の法事のことやら、何やらでネ……」

「あっ、そう言えば、もう七年になるものね」

郁子は突然思い出したように、話題を変えた。

「今朝の新聞見て、ビックリしたわぁー。昨日の列車内強盗殺人事件のニュース。大丈夫だったのおー」

カチンと音がして、油量計の回転が止まった。郁子は、ガソリンタンクのキャップを閉めるとパタンと蓋を返して、カードを取りに行き戻って来た。

「大変だったわねぇ……、ビックリしたわ。怪我は……？」

「右腕を少し、掠ってネ」

「運が良かったのよ……。今までの二人は、殺されているもの……」

「実は……、その件で、少し聞きたいことがあるんだけど？」

「エーッ、私にぃー」

郁子は、声を少し落とすと、

「犯人が誰だか、分かったの……？」

耳打ちするように、聞いた。

「うん……。ただ、ちょっと思い当たるフシがあってね……。もう、休み時間だろう、そこの喫茶店まで十分……、いや、五分でもいいからつき合ってくれないか……」

「うん、いいわっ。今、変わってもらうから、ちょっと待ってて」

「相変わらず、ノリのいいヤツだなぁー」

高木は懐かしさをかみしめながら、サングラスをかけた。

「おーまたセ」

助手席に郁子は乗り込んできた。早々と私服に着替えて化粧を整えていた。

「おい、おい。勤務時間だろうー、五分か十分でいいぞ。そんなにめかし込まなくても……」

「あらっ、久しぶりにハンサムボーイが帰って来たんだもの、気にしない、気にしない。デート、デート」

「相変わらずだなぁー」

高木が笑うと、郁子も跳びはねるようにして笑っている。

中心街へ曲がる、橋の袂の喫茶店「リバー」の懐かしい扉を開けると、客一人いないカウンターの向こうに、さらに懐かしい、少し老けたマスターの柔和な笑顔がそのままあった。

「ほほぉー。これまた、お珍しいコンビですネェー」

マスターは、ポンと手を叩いた。

「ねェ、ねェ、いいでしょーぉ。不倫、フリン」

郁子は腕を、高木の腕に組み合わして回すと、

「みんなに言いふらしてネっ。高木とイクコがデキテルって……」

三人は、大声で笑い合った。

「ああぁー、やっぱりフルサトだなぁ」

高木は、胸の底からこみあげるものを感じていた。

二人がカウンターに腰を下ろすと、マスターはカウンターの隅へ潜り込んだ。すると、足元のどこからともなく低く、静かに、あの懐かしいジョン・デンバーの「故郷へ帰りたい」の旋律が流れ出してきた。

「あっ、ナッツカシイ……、ジョン・デンバー。死んじゃったもんネ……」

「飛行機事故だっけ?」

「みんな、少しずついいものがなくなってゆくのネ……」

郁子が言った。コーヒーの香りの中で、シンミリと無言の一時が流れた。

「おっと、ところで何にする」

「俺は、コーヒー」

「私、紅茶」

郁子の声は、弾んでいた。

「イクちゃん、ずいぶんノッテおりますネェ。ひょっとして、これは本物かもー」

マスターが、郁子にウィンクを返した。また三人の笑い声が、他に客一人いない店内に響いた。

マスターが腰を下ろすと、高木は煙草に火を点けながら、口を開いた。

「ところで、昨日の事件のことなんだが……」

「ああっ、ビックリしたよ、今朝の新聞。お前、よく大丈夫だったなぁ」

「うん、腕を少し掠っただけでね、十針ばかり縫ったけど……。いやぁっ、恥ずかしいところを見られたよ」

「なぁに、そんなこと。それより、これで犠牲者が三人目だぜ。前の二人は心臓を一突き、即死だったんだ」

「ああ、警察でも話していたよ」

「で、どんな女の人だったの……、その犯人」

「うん……」

「どうしたのっ?」

「うん、まだハッキリとは言えないんだが……。誰にも話すんじゃないぞ」

高木は急に真剣になり、二人を睨み返して言った。

「どーも見覚えのある顔なんだよ、その女」

「えーっ、誰なの……」

「絶対に、誰にも言うんじゃないぞっ」

高木は、念を押した。

「……イクコ、ほら僕らと同じテニス部員で、一級下に『斎藤恵子』っていう、おとなしい子がいただろう」

「うん、うん。今は隣村に嫁いで、『佐々木恵子』っていう名前になっているけどね」

「へぇ、『佐々木』っていう姓なのか……。そう、あの子の顔にそっくりだったんだよ。夕べ、アルバムを引っ張り出して確かめてみたけど、ブロンドに染めた長髪を外して、サングラスを取ってみると、あの子の顔に重なってしまうんだよ」

「サイトウケイコ……?」

「マスター、知らない? ほら、県境の温泉街で、今一番の売れっ子酌婦よ」

「ああ……、あのケイコかぁ。横手奥座敷一の美人酌婦……」

「へぇーっ、酌婦をしているのかぁ……」

「ああ、……でもねぇ、旦那がアルコール中毒で入退院を繰り返していて、ずいぶん苦労している話もあるんだ……」

「そう、子供二人をかかえてね。自分の稼ぎで長男を東京の一流大学に進学させて……」

「ほぉ……。夫がアルコール中毒か……」

「そう、かなり酷いらしいよ。もう一度、発作を起こしたら、もう病院からは出られないだろうって……」

「アルコール精神病か……」

「そうらしいね、もう……」

「で、警察に話したの？」

「いや、まだ……。今日、また午後から事情聴取に来るけど、話さないつもりだ。もし人違いだったら、迷惑をかけることになるしね」

「でも、似てるんだろう？　確かに」

「ああ……」

「じゃあ、話すべきよ。しっかりと調べてもらった方がいいわよ」

「そうだよ。最初の事件以来、乗車率はどんどん下がって、観光客は減っているし、町のイメージは落ちたし……」

「それより、通勤客や通学している子供達がかわいそうなの……。毎日毎日、怖々帰ってくるんだもの」

「うん……、でも話さないつもりだ」

「どうしてよぉ」

「自分の眼で確かめてみたいんだ、俺を殺そうとしたヤツの顔をね。この眼で確かめてから、話そうと思っているんだ」

「隣村に嫁いで、もう十何年になるか……」

「でも恵子にだったら、週末、高原ホテル『清愁』に行けば必ず会えるわよ」

「温泉街一のホテルの、お座敷に上がっているからね」

「ほぉ……。家はどの辺なんだ?」

「はっきりとは分からないんだけど、隣りの山内村の上黒沢という所だって聞いているけど……」

「マスター、上黒沢ってどの辺なんだ?」

「県境から国道を下りたら、黒沢駅へ曲がる十字路があるだろう……。あそこを左へ折れて四キロばかりいった辺りなんだけれど……」

「そう、ありがとう」

高木はコーヒーを飲み干すと、腰を上げた。

「行ってみる気か?」

「ん……、ああ。ちょっとね」

「ええっー」

「さあ、イクコ、帰ろう。デートは終わりだ。勤務中だろう」

「平気、平気。毎日毎日、残業させられてんだから、どこかで貸しを取り戻しとかないとネ」

「相変わらず、呑気なヤツだなぁー」

高木とマスターは、視線を合わせるとコックリと互いの首を折った。

と、いきなり、

「高木さぁーん、愛しているわーっ」

マスターの目の前で、郁子はフザケ半分に抱きついてきて、高木の頬に濃厚なキスマークを付けた。

「ヤメロよぉ。さぁ、行こう」

「その顔で、どこへお出かけなさるの?」

郁子は、化粧パレットのミラーを差し出した。見ると、高木の頬の中央に、ルージュのぶ厚い唇跡が染みついている。

「おい、おい。昼から、これじゃヤバイぜ」

郁子は、「プーッ」と吹き出すと、淡いピンクのハンカチを取り出し、高木に渡すと、紅茶を飲み干した。

「おい、ヤバイぜ。取れないぞ」

必死に頬を拭く高木の姿に、マスターも郁子も吹き出した。

「そのまま、付けて行ってらっしゃいよ」

水を含んだお手拭きを、マスターがポイッと後ろ手に投げてよこした。

三人の笑い声が、秋のさわやかな故郷の青空に、響いて渡った。

「また来るからぁー」

「私も、一緒にぃー」

「ゴメンだネェー」

またひととき、笑い声が響いて川瀬に消えた。マスターはコーヒーカップを手にして店の扉に肩をあずけたまま、バックミラーの中で、いつまでも笑いながら手を振っている。


県境の国道を登りきった峠の頂に、ホテル「清愁」はあった。横手の奥座敷・巣郷温泉街の街の灯を足下に見下ろして、煌々と月明かりの冴えた晩秋の夜空に、「清愁」のネオンだけが高々と聳えていた。

高木は、素泊まりで部屋を予約しておいた。警察の事情聴取に二時間程付き合ってから、「兄貴、明日まで車を借りるぜ。巣郷で泊まりの同級会なんだ」

と調子のいい嘘をついて、車を「清愁」へ走らせた。

「予約していいた、高木と申します」

フロントで部屋のキーを受け取ると、大浴場へ向かった。腕の包帯を外すと、傷口がまだ疼いている。

「風呂は、まだ無理かなぁ……」

右腕を庇うように上げながら、ぬるめの浴槽へ入った。

「ああー、やっぱり温泉はいいなぁ」

あの事件以来、故郷へ帰ってからも慌ただしく、抜け切らない疲れが、骨の髄から解きほぐされてゆくような気がした。高木は、傷口を庇って短めに入浴を済ますと、軽くシャワーを浴びて上がった。

　平日にもかかわらず、ホテルのどの部屋も紅葉の宴に酔いしれる客の声で盛り上がっていた。

　高木は浴衣姿に着替えると、湯上がりタオルを首に巻いたまま、佐々木恵子のお座敷である大広間を探して歩いてみた。ロビーを突っ切り大浴場を右手に通り過ぎると、その奥に、みごとな大広間「清愁の間」があった。「T建設西部興業様」の名札が下がり、広間の中はもう宴もたけなわになっていた。

　高木は大浴場の前の自販機で缶ビールを一本買うと、横に並んだソファーに腰を下ろして「佐々木恵子」が来るのを待った。

「おケイちゃん、まだぁー」

「もう、ご指名が入っているわよー」

　厨房の奥から、賄達の忙しげな声が聞こえた。

　高木は缶ビールのタブを引っ張ると、二口、三口ビールを啜りながら、横目でロビーの方に視線をなげた。

「来た」

　長い髪を頭の上へ結いあげて、透き通るような襟足を深々と見せながら、艶やかなピンクの振り袖に身を包み、足早に高木の前を通り過ぎた。

確かに、あの時の、あの女だ。そして間違いなく、旧姓・斎藤恵子であった。高木はビールを飲みながら、少し様子を見ることにした。

恵子が座敷へ上がると、ひととき大きなドヨメキがあがり、そして静まり返った。「大黒舞い」のお囃子が流れ出し、恵子のたおやかな舞いが始まったのであった。

宴はひととき静まり、恵子の舞いに酔いしれていた。

お囃子が止まり恵子の舞いが終わると、大きな拍手と歓声があがった。すると、次から次へとお酌の女性達がお座敷へ上がっていった。

「ケイちゃーん、社長にばっかりくっついていないで、こっちも頼むわヨーっ」

酔っぱらった客の大声に、どっと広間に笑い声が湧いた。

恵子がお座敷へ上がって、一時間が過ぎただろうか……。フロントの若い女性が駆け込んで来て、一人の酌婦に耳打ちをした。

「おケイちゃんに、家から電話です」

「今、お座敷よ、お客様に悪いわよ……。こっちへ電話をまわしてよ」

「でも少し様子が変なのよ、電話の向こうでお子さんが『ママ、早く家へ帰って、早く帰って』って泣きながら電話が途切れたのよ」

ロビーの向こうから、「清愁」の支配人らしい男がツカツカと歩いて来て、渋々と、待ちの酌婦の一人に言った。

「ランちゃん、悪いけど代わってやってくれ。あのお客さん、酒癖が悪いから気をつけて」

年増美人の蘭が、お座敷へ上がっていき、酔いの回った客に絡みつかれている恵子に耳打ちをした。

「ケイちゃん、家から電話よ。私、代わってあげる。カヤちゃんが電話の向こうで泣いているって、早く帰ってあげて……」

「ケイコ、もう一杯、もう一杯いいじゃねぇかよ……」

酔い潰れそうな、その客は、おぼつかない手に杯を揺らして、恵子に絡まってくる。

「ごめんなさいネ。私ちょっと、おトイレ」

するりと蘭が割って入って、

「ハイ、ハイ。もう一杯ネ」

「おおっ、ランちゃん、ランちゃん、久しぶり」

「じゃ、ごめんなさいね……」

蘭に軽く手を振ると、すたすたと恵子は広間を下りて、更衣室の中へ消えた。

高木はフロントにキーを預けると、車に乗って、恵子の出てくるのを待った。月明かりの下でススキの穂波がキラキラと、虫の音に揺れていた。

恵子は和服を脱ぎ捨てるようにして、私服に着替えると、玄関先に立ち尽くしタクシーが来るのを待っていた。サングラスを掛けたその横顔は、明らかにあの日のあの女であった。

タクシーが来た。恵子が飛び乗ると、タクシーは猛スピードで国道へ出て、県境を越えて下った。高木は、慌ててアクセルを踏み込むと、後を追った。

「困った亭主だなぁ、別れてしまえよ。子供の一人や二人、ケイちゃんの稼ぎでどうにでもなるだろうに……」

馴染みのタクシードライバーが、いつものように呟いた。

「お酒を飲まなきゃ、いい人なのよ……」

「『いい人は、お酒を飲む』って言った作家は誰だっけ……」

ドライバーは、苦笑した。

「カヤも来年は進学だし、お金が掛かるのよ。飲んでも、土方仕事に出てくれるから少しは家計も助かるし……。いつも今頃なの。稲刈りも終わり、冬支度も済んだ今頃。出稼ぎにでも行くように、病院に行くのよ……」

「それでも別れられないかぁ……。やっぱり、そこが夫婦かねぇ」

「あっ、止めて。ここでいいわ。あんまり恥ずかしいとこ、見られたくないから……」

杉林のあるT字路で、タクシーは止まった。高木は慌てて、手前の十字路でハンドルを切り、左折して木立の陰に車を寄せた。

部落の家々は眠りに就いて、月明かりの夜道に、ぽつりぽつりと外灯のか細い灯りだけが遠く続いている。

「おつり、いらないわ」

「ほぉっ、ありがとさん。いつも悪いねぇ」

「また、お願いネ」

「一人で大丈夫か。禁断症状が出てくると、家人にも何をするか分からないぞ。気をつけろよ」

「ええ、大丈夫、慣れているから……。じゃぁ、ありがとう」

タクシーはT字路で方向を変えると、村の夜道の闇に消えて行った。

秋も深まった夜更けは、酔いの醒めてゆく背筋に、いっそう寒さが身に染みる。恵子はコートの襟を立てて、夜道を急いだ。高木は車を降りて、その後を追った。

少し行った角を曲がると、恵子の家の灯りだけが白々と闇に遠く浮かんでいた。物音ひとつ聞こえてこない家の様子に、恵子はいつもとは違った不気味さを感じていた。

「カヤは、大丈夫かしら……」

恵子は小走りに近寄って、玄関の扉に耳を当てた。物音ひとつしない——。玄関は鍵が掛けられている。裏口へ回り込もうと、座敷の方へ向かった。

座敷の灯りは、常夜灯に落とされてカーテンの隙間から微かな灯りが洩れている。恵子は縁台の上に爪先立つと、そっと座敷の中を覗き込んで見た。

「ひとぉーつ。ふたぁーつ」

夫の泰蔵が、転がった一升ビンの横に胡座をかいて、宙を見つめるような虚ろな瞳で、畳の上に敷いた古ぼけた絨毯の糸屑を、毟り、取っている。

「ひとぉーつ。ふたぁーつ。みぃーっ」

カヤの姿が見えない。

さらに伸び上がって覗き込むと、箪笥の上から受話器がぶら下がり、座卓は転がり、食後の器があちこちに散らばり、残飯が踏み潰されている。寝床の襖は斜めに切り裂かれ、血糊のついた手斧が転がっている。

「カヤーッ、カヤちゃーん」

恵子は、慌てて裏口から飛び込んだ。

「カヤッ、カヤッ、カヤちゃーん。どこぉーっ」

泰蔵は、背を向けたまま、「ひとぉーつ。ふたぁーっ」と、絨毯の糸を毟っている。

座敷の奥の押し入れの戸が微かに開いて、中から、カヤのすすり泣く声が洩れている。

「カヤちゃん、だいじょうぶっ」

カヤは押し入れの隅で両膝を抱き込みながら、ガクガクと肩を震わせている。

「カヤッ、だいじょうぶっ。怪我は……」

カヤは声も出せずに、恵子の胸に飛び込んできた。ぼろぼろと、その小さな瞳から涙をこぼし、恵子の胸で打ち震えている。

見ると、カヤの肘から腕にかけて、鋭い刃物をかわした傷が赤く走っている。恵子は、慌てて薬箱を取り出すと、カヤの腕に包帯を巻いた。

「明日、お父ちゃんを、病院へ連れて行こう。お父ちゃん、またダメになったみたいネ……」

恵子は、鎮静剤の袋を切って、コップに水を汲んできた。

「あなた、これ、飲んで……」

泰蔵はおとなしく、それを飲み干した。

「ひとぉーつ。ふたぁーつ。みぃーつ」

一晩中、絨毯を毟る泰蔵の声が続いていた。

あくる朝、恵子は、泰蔵を抱き抱えるようにタクシーに乗り込むと、北上の病院へと向かった。

出際に、カヤが呟いた。

「お母ちゃん、また、お金掛かるわね……」

「いいのよ、そんなこと、子供が心配することじゃないの。それより、ちゃんと学校へ行ってネ。あんまり遅くならないうちに、戻るから……」

カヤは腕を抱えたまま、コクリと頷いた。

恵子を乗せたタクシーの後を、サングラスの男が乗った、岩手ナンバーのセダンが追った。

県境の三ツ森の山々に、初雪の降った朝だった。

四度目の殺人事件が起こり、犯行現場へ落とされていた保険証から「佐々木恵子」が逮捕されたのは、それから間もなくした時雨降る日の夕刻であった。

「お金が……、お金が欲しかったのよ。カヤの進学の費用も、夫の入院費で消えてしまうし……。お金が、お金が欲しかったのぉー」

かすれ声の中、化粧を落とした恵子のやつれた顔を、溢れて流れ落ちたものがあった。

「でも、殺さなくてもよかっただろうっ。罪のない人までも……」

「恍惚とした男の顔が、みんな夫の顔に見えてきたのよ。殺したくても、殺せなかったのよぉー、この夫《ひと》だけはぁー」

恵子は、病院の格子のある部屋の前に頽れ折れた。

「ひとぉーつ。ふたぁーつ」

泰蔵は、こちらに背を向けたまま、壁を見るともなしに病舎の床を摘んでいる。

「さぁ、奥さん、参りましょう……」

恵子の両腕は、硬く結ばれていた。


山々は、日増しに木の葉を落としていった。駅の売店で新聞を買うと、高木は上りの列車に飛び乗った。新聞を広げると、「北上線強盗殺人犯捕まる」大見出しが書かれてあった。そこには大きく「佐々木恵子」の顔写真まで載っていた。

高木は、そのまま記事も読まずに折りたたむと、手前のシートに放り投げた。

「あぁ……、また、雪が降ってくるなぁ」

高木は向かいのシートに、両足を投げ出すと、コートの襟を立てた。

初氷の張った、朝だった。

高木は故郷からも逃れるように、秋深まる、湯田の町を後にした。もうじき、深く深く雪に埋もれる町を、後に……。

濁流への失踪

一晩降り続いた雨が上がった、十月も半ばのある月曜日の朝のことであった。一睡もせずに夫の帰りを待っていた裕子は、思い切って受話器を取ると警察へのダイヤルを回した。

「はいっ。もしもしこちら川尻駐在所ですが……」

「……」

「どうなさいましたか……?」

「実は、夫が夕べから家へ帰って来ないもので……」

「すみませんが、お名前と住所をお願いいたします」

「は、はい。川尻一区の高橋裕子と申します。夫の名前は、一則と申します。昨日の昼過ぎ茸採りに出かけたまま、まだ戻らないもので……」

「お一人で行かれたのですか……」

「え、ええ」

「電話ではなんですから、今そちらへお伺いいたします。ひとまずお電話を切りますが、よろしいでしょうか……」

「は、はい。申し訳ございません、よろしくお願いいたします」

裕子は受話器を置くと、ポットに水を足して入れた。しばらくするとうら若い警官を引き連れて、顔なじみの所長が現れた。

「こんにちは。失礼させていただくよ……」

「すみませんネ、お忙しいところ。こちらへどうぞ、どうぞ」

裕子は、離れになった客間へ二人を案内した。コーヒーカップにコーヒーを注ぐと、足早に客間へ向かった。廊下越しに所長が、

「しかし奥さん、旦那さん茸採りなんて行きましたっけ?」

「いえっ、初めてですの、茸採りに行くなんて言い出したのは……」

コーヒーカップを差し出しながら、裕子が応えた。

「昨日の何時頃から見られなくなったんですか?」

「はい、昨日の午後二時ごろ突然、山に茸採りに行ってくると出て行ったっきり戻らないんです。ふだん茸採りなんてする人じゃなかったんですけど……」

「お一人で行かれたんですかぁ……?」

「ええ、たぶん……」

「夕べはひどい雨降りになりましたからねぇ、遭難されたとすれば、大変なことになりますよぉ〜」

「どちらの方面の山へ行くと言っておられましたか……？」

うら若い警官が声をはさんだ。

「確か……、ＴＶ塔のある山へ行くと言って出かけましたが……」

所長が半分程飲みかけたカップを、たたき付けるようにテーブルに置くと叫ぶように言った。

「ようし、すぐに遭難救助隊を編成しろっ」

「はっ、はい」

「地元の各消防団に連絡を取り、ただちにＴＶ塔の山の麓へ集結させろっ」

「はっ、はい」

年若い初任の警官は、コーヒーを飲む間もなく立ち上がって外へ出て行き、パトロール・カーの無線を手にした。

「各地区民の有志を募り、救助隊に加わっていただく。山の遭難救助作業はネコの手の多いに不足はないからなっ」

所長は自分に言い聞かすように呟くと、また深くソファーに腰を下ろした。

「私もご一緒して、よろしいでしょうか……」。裕子が細々と尋ねた。

「ええ、かまいませんよ。できれば救助隊員へおにぎり程度の軽い昼食でもご用意いただければ有難いんですが。そして、日暮れ近くになりますと冷え込みますから、温かな服装と雨具を用意して行かれたほうがよろしいですよ……」

「はい、分かりました」

時計が一時をまわる頃には、地元の消防団員をはじめ友人、知人を合わせて総勢百名ちかい捜索隊が出来ていた。

裕子が隣近所の人々に携われて山懐に到着した頃には、北上本署から二人の刑事と数名の鑑識官たちも到着していた。

所長がハンドマイクを片手に、TV塔を指さしながら叫んだ。

「TV塔をはさんで西側を第一分団、東側を第二分団、中央を第三分団の方々と分かれて捜索しながら登って行ってください」

皆がTV塔を見上げた。陽はすでに西へ傾きつつあった。

「昨日からの雨で、足もとが滑りやすくなっております。くれぐれも気をつけて捜索するようお願いいたします」。それぞれ分散しながら、TV塔の頂をめざした。

東側へ登った団員達から最初の無線が入った時には、もう陽も陰りかけていた。頂へ登った一人の消防団員が渓川を指さしながら声をあげた。

「お、おいっ。あれはなんだっ?」

「な、なにっ」

「ナップザックだな……」。双眼鏡を覗き込みながら、一人の団員が言った。

「ズックらしきものも一足あるぞっ」

「至急、隊長へ連絡しろっ！」「隊長、隊長。こちら東側部隊ですが、渓川沿いの岩場に、ナップザックとズック靴の一足らしきものを発見しました」

隊長が、応えた。

「な、なにっ、本当かっ。よしっ、こちらもすぐ東側へ回る」

「足場が不安定なうえ、かなり急な渓谷なので、取りに行けるかどうか……」

「無理をするな。こちらもすぐ東側へ向かうから」

ひととき、隊長の無線が途絶えた。

「よしっ、渓谷の東の茂みを下ってみよう」

東側の団員達が茂みを降りて岩場へ着いた頃、渓谷の頭上に隊長達の声がした。

「もう少しで鑑識が到着する、ブツには手を触れないでおいてくれ」

スピーカーをつんざくような、隊長の声がした。

「はーい、分かりました」「人影らしきものはないかっ？」「いやっ、岩場の下はすごい濁流で、とてもこれより下へは……」「よしっ、いい。無理はするなっ」

間もなくすると、北上本署の鑑識官達が到着した。

岩場の頂辺りに、ズック靴の滑り跡があった。鑑識官達は、そこからナップザックの位置までスケールをたらした。ナップザックの指紋を採ると、中を開いた。ナップザックの中には、摘み採られたナメ茸が詰まっていた。

渓川はもうとっぷりと、片陰に暮れようとしていた。渓底から東側分団の団員達が、息を切らして登ってきた。「いゃあ、ごくろうさん、ごくろうさん」。隊長は団員達の肩を叩いて、手を差し伸べた。

刑事の一人がナップザックを取り上げると、高橋裕子の方へ歩み寄り、聞いた。

「このナップザックに見覚えはありませんか……？」

裕子は、その場へしゃがみ込んだ。「主人の物に間違いありません……」

「このズック靴も……？」

「ええ、主人のものです……」

所長もしゃがみ込むと、刑事は続けた。「ここに、ズック靴の滑り跡がありますね……。そしてあの岩場に落ちていたナップザックには、ご主人以外の指紋はなかったそうです」

「じゃぁ、いったい主人は……」

青ざめた裕子の傍らで、その刑事は淡々と続けた。「ご主人は茸採りの最中、この岩場から足を滑らして、岩場を転げ落ちるとその弾みでナップザックとズック靴を外して、あの渓川の濁流にザップーンと落ちて流されてしまったようですね……」

「えっ、そ、そんな……」

「夜明けを待って、渓川とダム湖周辺の捜索を県警の方へ依頼しました。くれぐれも力を落とさぬように……」。と、その時、新任の刑事佐々木が口を開いた。「しかし、あのナップザックのあった岩場には、血痕もその他の遺留品も見当たりませんでしたが……?」

「それは、岩場を滑り落ちたからだろう……」

年配の刑事が、いまいましげに返事を返した。「それにこのナップザックの中のナメ茸ですが、不思議なことに半分以上がキッケ(キノコの土の付いた部分)を取られた、キレイなキノコなんですが……?」

「そりゃあ、昨夜の大雨で洗われたからだろう――」

刑事の後を追うように所長が続けて言った。「とにかく今日の捜索は、これで打ち切りだ。明日の県警の応援を待とう」

渓川はもうとっぷりと片陰に暮れて、濁流の音だけが足下に響いてくる。跪いた裕子は、「茸採りになんて行く人じゃなかったのに……、あの人は……」と言い、太いブナの根元にカクカクと、頽れ折れた。

「奥さん、大丈夫ですかっ。まだ希望を捨てないで、明日の捜索を待ちましょう」。年若い刑事が、そっと裕子の肩に手をかけて言った。

「は、はい……」。裕子が見上げると、佐々木刑事の瞳は渓底を見据えて薄闇のなかで燃えるように輝いていた。

翌朝――。

「署長、部長っ。不自然だと思いませんかっ。茸採りに行ったこともない人が、茸採りに行った。

しかしっ、その半分以上の茸はキッケが取られている。転落したという岩場には、血痕ひとつ見当たらない……」

佐々木刑事が興奮気味に、テーブルを叩いて言った。

「う、うるさいっ。新顔のくせに何が分かるっ。いずれ今日の湖水捜索でハッキリすることだっ。だまっとれっ」

年配の刑事が、吐き捨てるように言った。

夜明けとともにダム湖、湖上を県警のヘリが旋回し、湖面には数隻のボートが浮かび、ダイバー達の姿も見受けられた。

※

「ハーイ、オーライ、オーライ」

北上近郊にある口内部落。水沢に住んでいた高橋和義がこの部落の藤原家へ婿入りしてから、三年が過ぎようとしていた。

「ハーイ、ストップ」

藤原宅の道路塀の基礎に捨てコンが流された。

「藤原さーん、コンマ2ほど残りましたがどうしますかねぇ……」「じゃあ、このネコ車にもらいますか。鯉のぼりの支柱の土台にでも使いますよ」

心地好い小春日和の土曜の昼過ぎであった。それを聞いていた妻の藤原郁子が、玄関から走り寄り、和義の肩を付っついた。「あなた、イヤよぉ。まだ子供も生まれてないのに、鯉のぼりだなんてー」。和義はそれを気にもとめず、庭池のほとりに掘った穴にネコ車をかたむけコンクリートを流し込んだ。

和義と郁子は高校時代から交友関係にあったが、郁子が東京の保育専門学校に進学してから、二人の仲は遠ざかっていた。それが数年前、北上の繁華街で偶然再会し、地元へ戻っていた郁子との交際がまた始まったのであった。三年前には結婚し、春には子供も生まれる予定であった。

「藤原さーん、もう一台ぐらいまだありますよぉ〜」。ミキサー車の運転手が叫んだ。

「じゃあ、全部もらっておこうか……」。ミキサー車のミキサーが回転し、残りの生コンがネコ車に流れた。

和義はそおっと穴ぼこへ生コンを流し込むと、底にテープを貼った支柱用の数十センチの単管を生コンの平面に差し立てた。「どうもありがとうございました」。ミキサー車の運転手は、軽く手をあげて帰っていった。和義の傍らへ身重の郁子が駆け寄ってきてしゃがんだ。

「鯉のぼりか……。男の子だといいわネ」

和義の横顔を見つめながら、郁子が呟いた。

「健康に生まれりゃぁ、どっちでもいいさ」「うん、そうねっ」

※

北上本署の佐々木刑事が、水沢署へ転任になって二年が過ぎていた。

水沢署――。

ある夏の朝のことであった。一件の「家出人捜索願」が舞い込んだ。佐々木刑事に白羽の矢がたった。

「どうだね佐々木くん、ひとつあたってみてくれんかネ」

「はぁ、水沢へ来てまだ日の浅い私でも大丈夫でしょうか……」

「なぁに、誰でもおんなじさ。刑事なんてね、世間から疎まれるのが商売のようなもんだからネ」

「は、はい。分かりました」

「捜索願いの依頼人は、水沢市真城の伊藤和子さんという方で、三年ほど前から息子さんが行方不明になっているんだそうだ。息子さんの名前は『伊藤和義』。市内の印刷会社へ勤めていたらしいが、三年前仕事へ行ったきり戻らんそうじゃ。まだ独身で真面目な好青年だったらしい。地元の高校を卒業と同時に当会社へ入ったので、よその土地勘には疎いらしいから、市内で起きた事故か事件の巻き添えにはなっていないか、あたってほしい」

部長は語った。「はい、分かりました」。佐々木刑事は軽く敬礼をして、立ち上がった。

署の玄関を出て空を見上げると、ビル街の向こうに入道雲がわきあがり、果てしなく青空が広がっていた。佐々木は大きく両手を広げて背伸びをすると、愛車のキーをポケットから出した。初めて一人で任された仕事に、胸の内を初夏の風がさわやかに吹いて過ぎた。

佐々木はまず愛車を、和義の母親である同市真城の伊藤和子の家へと飛ばした。

「これが息子の写真です……。どこにいるものやら……、生きていれば今年で三十八になりますよ」

母親は痩せ枯れて、その面長な顔立ちは眼孔もくぼみ、痛々しげに見えた。

「私も調べてみたんですが、市内および県内で起きた事件、事故にかかわった人物の名前はほとんどが明らかになっております。なにか他に心当たりでも……」

「はぁ、はい。山が好きな子でしたので、どこか見知らぬ山へでも行って遭難しているんじゃないかとか、一人で西の山、東の山へと足を運んでみているんですが、平日に無断で山へなど行くような子じゃぁ、ありませんでしたし……」

「や、まっ……」

佐々木刑事は、ハッと我に返った。「や・まと言いますと、なにか山菜採りとか茸採りとかでしょうか……?」。「いえいえ、山登りですよ、山登りの好きな子だったんです……」。「あっ、はぁ、そうだったんですか……」。

佐々木はふと、もう九年も前になるだろうか、北上本署当時のあの遭難事故を思い返していた。県警による懸命の湖水捜索にもかかわらず、とうとう遺体は発見できず、ひとつの遭難事故として片付けられた湯田での事故のことを。

乙女川の川風がさやさやと吹く小さな橋の上で、佐々木はタバコに火をつけた。

焼け焦げたゴムボートの遺留品まで見つけておきながら、なぜ自分から身を引いてしまったのか。上司による圧力に屈したからだったのか。いや、孤立無援の中で意地を張っているような自分に、イヤになりかけていたのだ。若さゆえの弱さだったのか……。

川風がすぅーっとタバコの煙をはこんだ。佐々木はハッとして振り返った。

もし自分が正しく、あのときの男……高橋一則が生きているとしたら、家族にも気づかれず、友人、知人にも知られず生き続けることが可能なのだろうか――。

佐々木は深くタバコを吸い込んだ。

――可能だ。可能な道がひとつだけある。それは自分の過去をすべて捨てて、一人の他人の過去を背負って生きることだ――。

佐々木はタバコを川へ投げ捨てると、愛車を市役所へと飛ばした。

市内に在住の「いとう・かずよし」をすべて捜した。三人いた。それから一週間をかけて「いとう・かずよし」の過去をすべて洗った。しかし、伊藤和義に重なる人物はいなかった。

翌週、佐々木は隣町の北上市役所へと足を運んだ。

いとう・かずよし、いとう・かずよし、いとう・かずよし……。

四名の名があがった。その四名の過去をすべて洗った。二週間が過ぎた。

「いないっ。いとう・かずよしはどこにもいない……」

ロビーのソファーに深々と腰を沈めて、佐々木は深くタバコを吸った。住民課の隣で楽しそうに腕を組み笑い合う男女の姿を見た。婚姻届けを済ませた二人だった。佐々木はふいに思いついた——。もし、「いとう・かずよし」が結婚をして、女性の籍に入籍していたならば……。佐々木はもう一度住民課の窓口へ行くと、警察手帳を開いた。かずよし、かずよし、かずよし……。姓はともかく、「かずよし」という名の人物を全部捜した。十四名の人物があがった。「これを全部あたるしかないか……」。

佐々木は歩いた。北上市内をさらに二週間かけて捜し歩いた。伊藤和義の過去と重なる「かずよし」を捜して、歩いた。

「いない……、どこにもいない……」

十名程あたったが、伊藤和義と重なる過去をもつ男は、いなかった。

「残りは……、北上市口内十三—一、ふじわら・かずよし、か……」

佐々木は日曜日を待った。そうでなければ家と勤め先の二重歩きになってしまうからだ。

小雨が降りかすむ肌寒い日曜だった。佐々木は愛車のワイパーをまわした。田畑の向こうに、コンクリート塀の家が見えた。

「あれが、そうか……」

佐々木は塀にくっつくように車を並べると、傘もささずに車を出て家のインターホーンを鳴らした。

「ごめんください、藤原さんのおたくでしょうか？」

「はい、そうですが。どちらさまでしょうか……」

「水沢市警の者ですが……」

「は、はい。ただいま……」

玄関の戸口が開いた。中から四十前後の婦人が顔を出した。「何のご用でしょうか……」。佐々木は警察手帳を開きながら言った。「わたくしこういう者ですが、藤原和義さんはご在宅でしょうか？」「は、はい、おります。私の主人ですが、何か……」「すみませんが、ちょっとお話を……」「は、はい。ちょとお待ちください……？」

しばらくすると眼鏡をかけた痩せ型の男が顔を出した。「はい、私が藤原和義ですが、何のご用でしょうか……？」

「わたくし水沢市警の佐々木と申します。実は『伊藤和義』というお方を捜しておりまして、失礼ですが藤原さんの旧姓と本籍地を教えていただきたいのですが――」

一瞬、男の顔色が変わった。眼鏡の奥の細い瞳が落ち着きをなくした。「わ、私の本名は高橋和義といいます。本籍地は岩手県和賀郡湯田町川尻四十～四十～二十七となっております」

今度は、佐々木が愕然とした。「どっ、どうして貴方がその本籍地の住所を！」

佐々木は狼狽えていた、目の前がぐるぐると回るような錯覚を覚えて狼狽えていた。佐々木の脳裏を一つの遠い風景がよぎった。

それは、夕映えの片陰の中をドウドウと怒り狂うばかりに流れていく渓谷の風景だった。

「あっ、あなたはっ、いったい、誰ですかっ」。佐々木は思わず口走った。「あなたは……」

男は妻に何かを言い諭すように告げると、ドアを閉めて外へ出て来た。佐々木は後ずさり、霧雨の中へ立ち尽くした。「あなたは――」。

男は眼鏡を曇らして、雨の中に立っている。佐々木が思わず叫んだ。

「あなたは、た・か・は・し・か・ず・の・り、あなたは『高橋一則』じゃあないですかっ？それじゃあ、私の捜していた『伊藤和義』は、どこにいるんですかっ！」

男は雨に濡れた前髪を掬いあげると、うす笑うように言い放った。

「刑事さん、私の思い違いでしたよ。私の本籍地は水沢市真城一〇六の四でしたよ」

佐々木は震える手を胸元へ入れると、「嘘だ、嘘だ、嘘だっ。その番地はこの人の本籍地だぁ～」。佐々木刑事は一枚の写真を突きつけた。

「……」。男は立ち竦んだ。

「この写真の『伊藤和義』は、いったいどこにいるんだぁ～っ」

ずぶ濡れになり立ち尽くした男は、ぶら下げていた両手の片方を上げると、池の方を茫然と指差した。そこにはコンクリートで固められた一本の鯉のぼりの支柱があった。

「あっ、あの下かっ……」。男はガクリと濡れた頭を下げると、頷いた。

「ど、どうして私が『高橋一則』だと分かったんですか……」

佐々木刑事は身震いする肩を、コートの襟で絞りこんだ。

「今から九年前、私は北上本署にいて一件の遭難事故に出会いました。警察に入って初めての年でした。現場は奥羽の頂湯田町の山の奥深い渓谷沿いでした。現場にはズック靴の滑り跡と一足のズック靴、そしてキツケのとれたナメ茸を詰めたナップザック。それっきりでした。不審に思う私をよそに、事件は一人の男の遭難事故と決められて終わりました。しかし諦め切れない私は、休日を利用して捜査を続けました。この遭難者はきっと生きていると……。

そして湖の対岸に、ゴムボートの焼け跡を発見しました。キツケの取れたナメ茸、そしてゴムボート。男はきっと頂きにズックの滑り跡を付け、ゴムボートを引きずりながら岩場へ降りると、買ってきたナメ茸の入ったナップザックと一足のズック靴を現場へ放り投げ、ゴムボートもろとも濁流の中へ飛び込んだのですよ。やがて波のおさまった湖上へでると、対岸めがけてボートを漕いだ。夜のとばりのおりた岸辺へつくと、水の掛からぬようにしまっておいたライターでゴムボートに火を付けた。ボートの燃えるのを見届けると岸辺を登り、国道でヒッチハイクのごとく車を拾い、北上へと降りた。そして後日、水沢に住む旧友・伊藤和義を呼び出して殺し自らを和義と名乗り、恋人の藤原郁子と一緒に暮らすとその遺体を郁子の家の庭先に埋めてコンクリートで固めたのだ」

一則はガクリッと膝を落とすと、両手をついて降りしきる雨の中で頭を垂れた。

ポク、ポク、ポク、ポク、ポク、ポク――。

「観自在菩薩・行深般若波羅蜜多・時照見五・蘊皆空度・一切苦厄・舎利子・色不異空・空不異色・色即是空――」

読経の流れる中、数珠を両手にかけた裕子と子供達の姿があった。

ポク、ポク、ポク、ポク、ポク、ポク――。

「死盡無苦集滅道・無智亦無得・以無所得故・菩提薩埵依・般若波羅蜜多・故心無罣礙無罣礙・故無有恐怖遠離――」

小春日の差し入る本堂に座り込んだ裕子の肩を、そっと後ろからたたく男の姿があった。

「奥様、奥様……」

「は、はい」

裕子が振り向いた。「あらっ、刑事さん、何か……?」

「ええ、ちょっと、奥様にお会いしたいという方がいらっしゃいまして……」

「えっ、今ですか……?」

「え、ええ……」

「でも今、夫の法要が始まったばかりですすけど……」

「実は、その件でですが……」

裕子は佐々木刑事に手を引かれるままに、お寺の庭へ出た。

「実は奥様に、お会いしたいという方がいらっしゃいまして――」

「え、どなたですか?」

「おいっ」。車中から一人の男が両腕に背広をかぶせて、引きずり降ろされて出て来た。

それを見ていた裕子の顔色が咄嗟に変わり、叫んだ。「え――っ。あっ、あなた……。あなたなのっ……」。痩せ衰えて、無精髭を伸ばしているものの、それは明らかに九年ぶりに見る夫の姿であった。「どっ、どうしてあなたがここにいるのぉ~。死んだはずのあなたが、どうしてここにいるのよぉ――」。

思わず裕子は駆け出していき、夫の痩せた両肩をつかんで揺さぶった。

「あっ、あなたっ。どういうことなのよぉ――」

読経の流れる中、佐々木刑事はこれまでの経緯を淡々と裕子に話して聞かせた。

「自ら濁流に流されてしまったようですネ、一則さん」

裕子はヘナヘナと、菩提樹の根方へくずれて膝まずいた。

「私や子供達を捨ててまで、行かなければならない恋女《ひと》が、あなたにいたなんて……」

木漏れ陽の中に、裕子の嗚咽と読経の声だけがいつまでも響いていた。

悲しき標本

ホルマリン溶液の匂い漂う部屋。

満の小さい頃からの趣味は、昆虫採集だ。社会に出て十五年まだ妻もめとらず、休日ともなれば虫網を片手に虫籠を首から下げて、郊外の野原へくり出すのだ。

しかし満の昆虫採集は、小さい頃から友人達とは少し違っていた。

遠い日の夏休みのことだ……。満は夏休みの宿題に、一箱の標本箱を持ってきた。普通の子供達の標本箱は、虫網で採った昆虫にホルマリン液を注射し、虫ピンで綿の上に留めた体のものだったが、しかし満のそれは明らかに違っていた。

箱の中の綿の上に並べられた昆虫達は胴体をもぎ取られ、バッタの足、カブト虫の足、カマキリの足、足、足……。足だけがホルマリン液の匂いを漂わせ、標本箱に虫ピンで並べられているのであった。

それはやがて昆虫だけにとどまらず、爬虫類のトカゲやイモリ、カエルの足までも並べられるようになった。クラスのみんなはそれを見て、青ざめた。担任の先生までも、返す言葉を失ってしまったのだった。

仙台市、東北自動車道古川インターに程近いK町で、女性の右足だけが切断された死体が遺棄されるという、奇妙な事件が立て続けに数件起きた。

遺体はどれも死後一～二日程しか経っておらず、ナイフのような凶器で心臓を一突きにされた後、右足だけを切断され置き去られるという無残な事件であった。

切断部は電動ノコギリのようなもので、大腿部付け根から右足だけをスッポリと切り取られ、持ち去られていた。被害を受けた女性達の年齢層は、中年女性から高校生にいたるまで様々であった。遺体には特別暴行を受けた形跡も、性的悪戯を受けた跡も見受けられなかった。ただプッツリと右足だけが切断されて、死んでいるのであった。

仙台市警では、K町一帯の変質者や異常者の捜索にあたったが、しかし直接事件に結びつく情報も手がかりも得ることはできずにいた。

満には、母も父も兄弟もいなかった。母は満を産んでまもなく病死し、兄弟達は父とともにこの家を出ていき、満だけがまだうら若い叔母に育てられた。

満が小学校へ上がった年のことである。買い物の帰りが遅い叔母の後を追って通りへ出た満の前で、叔母の久美子は横断歩道を渡っている途中、左折して来た若者の運転するスポーツ・カーに跳ね跳ばされて、満の前で即死した。叔母の胴体は向こうの電信柱に飛んでいって張り付き、一本の右足だけが満の前に切り飛ばされて、ヒクヒクとした動きをとどめていた。

満は血しぶきとともに転がってきた叔母の右足を、ただ「美しい」とだけ思った。その思いは叔母の死を超えてなお、ただ満の瞳の奥にその「美しさ」を焼きつけた。

満の目の前でヒクヒクと痙攣を起こして蠢いている一本の足は、太腿の付け根のあたりから飛び散って転がり、満の前に静かに横たわった。

騒然としてきた事故現場の中で、満はその一本の右足を抱きかかえると、大急ぎで自分の部屋へ駆け込んだ。しばらくの間その一本の右足を底深いバケツにホルマリン液を注いで入れて、長い間見惚れていた。「ああ……、なんて美しい足なんだろう」。

叔母の飛び千切れた足を求めて警察の捜索が始まっていたが、とうとう一本の右足は発見されず、叔母の葬儀は済み、荼毘にふされてしまった。

満は高校を終えると、死んだ叔母の夫である叔父の営む製材所に就職し、勤務を続けている。

「ラッキー、ラッキー、いきなりどこへ行くのよ」

のどかな春の休日、愛犬を連れて散歩していた高田良子が思わず、叫んだ。製材所裏の小道であった。

「どうしたんだ。そんな大声をあげて」

夫の隆が駆け寄って、言った。

「ラッキーたら、製材所の壁にばかり鼻を寄せたがるのよ。中に何かおいしい物でもあるのかしら……」

妻の良子が壁越しに、製材所の窓から薄暗い中を覗いている。一瞬、良子の顔色が変わった。と同時に、良子はその場へヘナヘナと腰を落としてしまった。

「どうしたっ、何かあったのか……」。ジョギング姿の隆が声をかけたが、良子は青ざめてラッキーの綱を放してしまった。自由になった愛犬ラッキーは、グルル、グルル……、と唸り声をあげて製材所の壁へその頭部を擦りつけている。

ようやくの思いで立ち上がった良子は、製材所の内部へ視線を投げかけたまま棒立ちになっていた。

製材所はいつも通り、ノコ刃の回転する音をたてて稼働している。「良子、どうした？　何かあったのかっ」。良子はワナワナと唇を震わせて、また腰を落としてしまった。

「どうした、良子?」。夫の隆が駆け寄ると、良子は青ざめた顔に目を引き痙らせて、製材所の窓を指さしている。

「みっ、見たのっ。足を切断している姿を見たのよっ。そして目と目が合ったのよ」

「なにいっ。何のことだっ」

「今度は、私が狙われるわっ。私の目をジッイッと見ていたもの。私が狙われるわっ」

愛犬の綱を放して、腰を落としたまま後退りする妻に向かって、隆が叫んだ。

「良子、落ち着けっ。何を見たんだ。落ち着いて話すんだ」

良子の両肩を揺さぶりながら、夫の隆がまた叫んだ。愛犬のラッキーは綱を引きずりながら、家の方へ駆けて行った。

それから幾日が過ぎたであろう、隆の妻・良子は眠れない夜を送っていた。ある日思い切って良子は、神経科医の元を訪ねた。「眠れないんです……。夢にまで出て来て……。次は私の殺される番だと思うと、眠れないんです……」。

まだ年若い医師は、不審そうに尋ねた。「もし事実なら、警察へは話したんですか……？　その件に関して……」。

「言いました。言って調べてもらったんです……。が──」

「で、どうだったんですか……、製材所の中は？」

「……ええ、特別変わったことはなかったと……。怪しい従業員もいないとのことでしたけれど……。でも、眠れないんです……、本当に見たんですっ。この目で確かにっ」

医師は、少し呆れた表情を隠すように言った。「軽い睡眠剤を処方しておきます。早く忘れることですね……」。

良子は薬局で薬を受け取ると、力なげに外へ出た。誰にも信じてもらえない……。医師にも、警察にも、そして夫にさえ信じてもらえない……。そう思うと、不安はいっそう募ってくるのであった。

夕食の材料をスーパーで買い足すと、アーケード街をぬけて地下道を急いだ。ふと、背後から不気味な気配を感じて振り向く。

「誰もいない……」

足早に地下道を急ぐ……。

またも背後に人の気配……、後をつけてくる。

ふいに振り向く……。

「誰もいない……」

背筋を冷たい汗が伝う——。

今日はヒキガエルを一匹捕まえた。

股関節のあたりにメスを当てると、すべすべした胴体から一本の足が切り離される。

その足は標本管の中に浮かんだ叔母の足にも似て美しく、「く」の字を描いて横たわる。

身震いがして、後ろを振り向く……。

「誰もいない……」

足を早める——。

息せき切って階段を昇る。

靴音……。

重なり合う靴音……。

透き通ったホルマリン溶液に一本の美しい「足」を浸す。

ひととき……。


「キャーッ」

ヒールを脱ぎ捨てて、良子は交差点そばの交番へ駆け寄った。「たっ、助けて下さいっ」。

慌てて巡査が飛び出す。

「どっ、どうしましたかっ、奥さんっ」

おぼつかない口先で、ようやく話す。

「だっ、誰かが後をつけて来るんですっ」

巡査は辺りを見渡す。しかし、怪しい人影もない。

「誰もおりませんよっ、奥さん。しっかりして下さい」

良子は、全身をガクガクと震わせて、裸足のまま交番の中へ這い上がる。

「確かに見たんです、足を切断するのをっ」

「奥さん、また何を言っているんですかっ」

冷たい目……。

重なり合った視線……。

「次は、私が殺されるんです。私の足を切り取りに来るんです」

「奥さん、言ってる意味が分かりませんよっ」

透き通った
ホルマリン溶液の中
浮かんだ一本の「足」

その向こうにある
冷たい眼差し……。

「こ・ろ・さ・れ・る……」

「奥さん何を独り言いってるんですかっ。しっかりして下さい。自宅まで送ってあげます」

「いやよぉーっ。殺されるわ、私の足を取りに来るんだからっ」。良子は交番のテーブルの足にしがみついて、打ち震えている。

「困ったな……。旦那さんを呼びますか？」

片足のない胴体を
袋に詰めて

今日は
野原に捨てに行く。
「どうして、ネッ、どうして誰も信じてくれないのよ——」
呆れ果てた巡査部長が出て来た。
「奥さん、製材所の中はしっかりと調べさせてもらいました。しかし血痕はおろか事件に結びつくものは何もありませんでしたよ。しっかりして下さいっ、奥さん」
回転する
光るノコ刃
その向こうにある
無言の眼差し……。
「あの人が犯人よ……」
独り言のように良子は呟く。
「困ったなぁ……。奥さん、仕事の最中に人体を切っている者などおりませんよ。それこそバレてしまうでしょう。落ち着いて考えて下さい」
今度の日曜日は、カブト虫を
捕りに行こう。あの黒く光沢のある足。
黒いパンティストッキングに包まれたような

つやのあるあの足。黒い足を
探しに行こう。
雑踏の林の中へ
奇麗な足を探しに行こう。
それから一週間ほど経ったある日、隆がふいに交番を訪れて茫然と呟いた。
「妻の良子は、精神錯乱で病院の方へ行きました。どうも、ご迷惑をおかけ致しました」
事件は未解決のまま、迷宮入りとなっている。

著者プロフィール

高橋　凍河（たかはし　どうが）

1957年、岩手県湯田町に生まれる。
「北上詩の会」、「詩人会議」等に詩を発表。
本作は、初めての小説集。

スターダスト・リバー

2003年3月15日　初版第1刷発行

著　者　高橋 凍河
発行者　瓜谷 綱延
発行所　株式会社文芸社
〒160-0022　東京都新宿区新宿1－10－1
電話　03-5369-3060（編集）
03-5369-2299（販売）
振替　00190-8-728265

印刷所　株式会社平河工業社

ISBN4-8355-5327-6 C0093